Ursula Raddatz

Und dann kam

Göndi...

Eine Hunde-Geschichte

Impressum

© 2023 Ursula Raddatz – alle Rechte vorbehalten.

„Herstellung und Verlag:
    BoD – Books on Demand, Norderstedt".

Layout und Umschlaggestaltung by U.Raddatz
    Umschlagfoto by Georg Beier
    u.c.raddatz@t-online.de

ISBN 9783734754746

Das Werk, einschließlich seiner Teile, ist urheberrechtlich geschützt. Jede Verwertung ist ohne Zustimmung des Verlages und des Autors unzulässig. Dies gilt insbesondere für die elektronische oder sonstige Vervielfältigung, Übersetzung, Verbreitung und öffentliche Zugänglichmachung.

Das Buch:

1500 Kilometer liegen zwischen ihnen, der Frau und dem Hund. Sie haben sich nie gesehen und scheinen doch auf seltsame Art miteinander verbunden zu sein.

Im Norden von Schleswig-Holstein kämpft eine Frau mit der Trauer und Lethargie, die sie nach bitteren Erfahrungen und dem Tod ihres geliebten Hundes überfallen hat. Sie zieht sich immer mehr von der Welt zurück und droht zu vereinsamen.

Im Süden von Ungarn sitzt ein kleiner Hund seit über zwei Jahren in einem Tierheim und wartet verzweifelt darauf, dass sein geliebter Mensch ihn abholen kommt.

Es ist ein weiter Weg, bis das Internet die nötige Verbindung zwischen ihnen schafft. Und es gibt Hindernisse und Zweifel. Kann es gutgehen mit Frau und Hund, die sich niemals vorher gesehen haben und nun einander vertrauen wollen?

Göndi darf hier seine Geschichte auf eine ergreifende Weise selbst erzählen.

Die Autorin:

Die Autorin Ursula Raddatz, bekannt durch ihre historischen Romane, die in Angeln, in Schleswig-Holstein angesiedelt sind, hat mit dem vorliegenden Buch einen Schritt in die Welt der Tiergeschichten gemacht. Im Wechsel mit der nicht namentlich benannten Protagonistin schafft sie Raum für die Stimme des kleinen Terriermischlings Göndi, den ein unvorhersehbares Schicksal für über zwei Jahre in einem Tierheim in Ungarn festhält. Sie ist weit entfernt davon, den Hund zu vermenschlichen und zu verniedlichen. Auf anrührende Art zeigt sie hier, wie sich die Schicksale von zwei Wesen miteinander verbinden, die sich unter normalen Umständen nie begegnet wären.

Die historischen Romane der Autorin wurden im BoD-Verlag veröffentlich, wie auch zwei weitere Bücher, über die Geschichte einer verratenen Liebe, die erst bei einer Demenz offenbart wird und ein «Beinahe-Krimi», der davon handelt, wie harmlose Senioren einen Mord planen.

Als ich eine Hand suchte,

fand ich deine Pfote...

Zitat von einem Unbekannten,

es passt so gut zu uns.

1. Kapitel

Ende August 2014, irgendwo an der Ostsee...

Der Regen rann über mein Gesicht, ich wischte ihn nicht fort. Dass sich meine Tränen hineinmischten, spürte ich nicht, zu tief war meine Trauer. Im strömenden Regen stand ich im Garten und grub ein tiefes Loch, das Grab für meinen tapferen Hundegefährten, der mich zwölf lange, wunderbare und aufregende Jahre begleitet hatte.

Jetzt war er gegangen, über die Regenbogenbrücke, wie es auf den betreffenden Internetseiten hieß, die ich meistens überschlug, weil man dort Haustiere für meinen Geschmack zu sehr vermenschlichte.

Leo, mein kleiner Welsh-Terrier war nicht mehr. An diesem verregneten Nachmittag im August starb er in meinen Armen. Ein Hundeleben war zu Ende, das sich zwölf Jahre mit meinem eigenen verbunden hatte. Während ich in dem nassen Lehm das Grab für meinen geliebten Welsh-Terrier aushob, gingen meine Gedanken weit zurück, zu dem Tag, als er zu mir kam.

Es war ein verängstigter, vernachlässigter kleiner Hund, der sich damals dafür entschied, sein Schicksal ohne Zögern in meine Hände zu legen. Jetzt stand ich hier, im strömenden

Regen dieses grauen Tages, der nichts Sommerliches und schon gar nichts Tröstliches in sich trug.

Zwischen Haselstrauch und Holunder legte ich meinen treuen Gefährten zur letzten Ruhe. Auf weiches Laub bettete ich ihn, deckte ihn mit Thujazweigen zu und brachte es kaum fertig, die nasse Erde über ihn zu schaufeln. Ein großer Stein, den ich darüber rollte, kennzeichnete die Stelle, auf die meine Tränen unaufhörlich tropften. Lange stand ich dort und konnte nicht glauben, dass ich ihn nie wiedersehen, nie wieder sein Bellen hören und nie wieder sein lockiges Fell streicheln würde. Erst als es dämmerte, ging ich ins Haus, das mir so leer und kalt vorkam, ohne ihn, ohne meinen geliebten Leo.

Jeden Tag ging ich zu ihm, stand lange an seinem Grab und hielt Zwiesprache mit ihm. Ich teilte meine Sorgen und Nöte mit ihm, so wie früher, als er noch bei mir war. Mein Leben wurde einsam, weil ich meinen Kummer vor der Welt verbarg. Ich glaubte, niemand könne verstehen, wie sehr ich Leo vermisste und um ihn trauerte. Immer wieder kam die Frage in mir auf, ob meine Entscheidung, Leos Leben auf sanfte Weise zu beenden, die Richtige war. Hätte er nicht doch noch etwas länger bei mir bleiben dürfen? Ging es ihm wirklich so schlecht? War er tatsächlich so krank?

Meine Vernunft sagte mir damals, dass es für Leo das Beste sei, nachdem meine Tierärztin feststellen musste, dass Leo dement geworden war. Ich erschrak, als ich diese furchtbare Diagnose hörte, kannte ich so etwas doch nur von alten Menschen. Konnte es wirklich wahr sein? Würde die Demenz uns trennen, ehe der Tod es tat?

Ich beobachtete Leo daraufhin genauer. War er früher hinter jeder Amsel, jedem Kaninchen hergejagt, zeigte er nun gar kein Interesse mehr daran. Er trottete beinahe lustlos an meiner Seite und lief auch nicht mehr weit voraus, wie früher. Es schien, als brauche er mit einem Mal die Sicherheit, die ihm die Leine bot, weil er langsam die Orientierung verlor. Manchmal sah er mich mit einem Blick an, den ich bis dahin von ihm nicht kannte, so leer, als wäre seine Seele ganz woanders. Mit Leos zunehmender Inkontinenz kam ich zurecht, dafür gab es genügend Hilfsmittel. Als er aber immer weniger auf mich reagierte, mit abwesendem Blick vor dem Bücherregal stand und offensichtlich nicht wusste, wo er sich befand, ahnte ich, dass es nicht mehr lange so weitergehen würde. Bald erschrak mein tapferer kleiner Leo vor seinem eigenen Schatten, fand aus dem Garten nicht mehr allein ins Haus zurück und jaulte plötzlich völlig grundlos auf. Eines Tages, als ich ihn behutsam streicheln wollte, zuckte er erschrocken zurück und knurrte mich an. Offensichtlich erkannte er mich nicht mehr.

Noch am selben Tag beriet ich mich mit meiner Tierärztin. Mitfühlend sah sie mich an und empfahl mir, Leo einschläfern zu lassen. Dieser Gedanke entsetzte und erschreckte mich. Wie konnte ich Leo so etwas antun, durfte ich seinem Leben wissentlich ein Ende setzen? Die Ärztin erklärte mir, dass sich Leos Zustand auf keinen Fall bessern würde und er bald nichts mehr wiedererkennen könnte. Es wäre nur eine Qual für ihn, weil er vor allem und jedem Angst haben würde. Ich bat mir ein paar Tage Bedenkzeit aus.

Ein langes, sonniges, aber trauriges Sommerwochenende nahm ich Abschied von Leo, ging mit ihm noch einmal all die Wege, die wir so oft in besseren Zeiten zusammen gewandert waren, saß mit ihm im Arm am Strand und lauschte dem sanften Wellenschlag der Ostsee. Leo machte voller Vertrauen alles geduldig mit, bis wir wieder zu Hause waren und er auf einmal das Haus nicht mehr betreten wollte. Er wehrte sich, jaulte und schnappte nach mir. Also blieb ich mit ihm im Garten, bis er fest eingeschlafen war. Dann trug ich ihn hinein und legte ihn behutsam in sein Körbchen. Die ganze Nacht wachte ich neben ihm, war für ihn da, wenn er aus dem Schlaf aufschreckte und anscheinend nicht mehr wusste, wo er sich befand.

In dieser entsetzlichen langen Nacht wurde mir klar, dass meine Tierärztin recht hatte. Was wäre es für ein Leben für meinen kleinen Terrier, wenn er ständig in Angst und Schrecken leben müsste und ich ihn nicht einmal trösten könnte, weil er mich nicht mehr erkannte und sogar Angst vor mir hatte.

Am nächsten Morgen rief ich die Tierärztin an. Sie kam und gab Leo die erlösende Spritze. Ich hielt ihn weinend im Arm an mich gedrückt, als er seinen letzten Atemzug tat. Leise schloss sie danach die Haustür hinter sich, während ich mit meinem toten Hundegefährten im Arm zurückblieb. Jetzt war ich wirklich allein... ganz allein...

2. Kapitel

Irgendwo in Ungarn, im September 2014

Es war nass und kalt, nirgendwo ein Plätzchen, um diesem Regen zu entgehen. Göndi drückte sich, so weit es ging, in die einzige Ecke des Holzverschlages, durch dessen Ritzen der Dauerregen nicht so sehr drang. Die löchrige Decke, die von allzu vielen Hunden knurrend und zähnefletschend verteidigt worden war, hatte er seit gestern für sich allein. Ein Triumph war das nicht, denn nun hockte Göndi einsam und allein in dem eingezäunten Gehege des Tierheimes, das schon so lange Zeit sein Zuhause war.

«Nein, ein Zuhause ist das hier nicht, mein Zuhause war da, wo ich herkomme, da möchte ich so gern wieder hin», dachte der kleine Hund und schüttelte sein struppiges Fell, um sich ein wenig trockener zu fühlen. Warum waren es immer die anderen Hunde, die aus dem Zwinger herausgeholt wurden und die dann nie wiederkamen? Wieso durfte er nicht hinaus? Wie lange würde es noch dauern, bis auch er von freundlichen Händen befreit und auf die Reise zu einem neuen Heim geschickt würde?

Vor ein paar Wochen durfte Mika auf die Reise gehen, dieser Dackelmischling, der immer so aufdringlich bellte und den Menschen schön tat, nur um Aufmerksamkeit zu erregen. Göndi war mit ihm nie so richtig warm geworden, weil Mika sich nicht nur in den Vordergrund drängte, wenn die Besucher kamen, sondern auch, wenn das Futter verteilt wurde, sich gleich darauf stürzte und seinen Genossen die besten Stücke vor der Nase wegfraß. Damals war Göndi immer hungrig geblieben, doch das interessierte Mika nicht. Er interessierte sich nur für sich selbst.

Es war erst besser geworden, als Börre abgeholt wurde, ein kleiner weißer Malteser, der dem kräftigeren Mika auch nichts entgegenzusetzen hatte. Am selben Tag noch kam Trapper als neuer Zwingergefährte zu Mika und Göndi. Etwas größer als Göndi und ihm ein wenig ähnlich mit dem beige-grauen Fell, zeigte er gleich, dass er sich als Chef fühlte und wies Mika in seine Schranken. Göndi, der schon fürchtete, dass er wieder einmal der Verlierer sein würde, stellte bald fest, dass Trapper ihn beschützte und sein Freund sein wollte. Mika, der entthronte Zwingerkönig hockte in einer Ecke und schmollte, bis auch er abgeholt wurde. Mit dem freundlichen Trapper allein im Zwinger, fühlte Göndi sich beinahe glücklich. Sie teilten sich das Futter brüderlich und schliefen, eng aneinander gekuschelt auf der Decke in der Hütte.

Doch gestern kam wieder jemand in den Zwinger und schnappte sich Trapper. Nur ein kurzer Schlaps über Göndis Schnauze war ihm noch vergönnt, dann schloss sich die Gittertür hinter ihm und Göndi blieb wieder einmal allein zurück.

«Vielleicht haben die mich verwechselt, Trapper ist mir ähnlich, nur ein bisschen größer und dunkler als ich. Vielleicht war eigentlich ich gemeint und sie kommen gleich wieder und holen mich ab. Ich will nicht mehr allein sein, ich möchte zu Menschen, die ich liebhaben darf und die mich auch lieben.

So, wie es früher war, als ich noch bei dem Menschen war, der mich als Welpen zu sich holte. Diesen Menschen werde ich bestimmt nicht wiedersehen», dachte Göndi traurig, «vielleicht sucht er mich und weiß nicht, wo er mich finden kann. Und ich kann nicht hier heraus. Es ist so lange her, dass ich hierher kam. Vergessen habe ich den Mann nie und das will ich auch nicht, nie, niemals. Eines Tages öffnet sich auch für mich das verhasste Gitter, und mein geliebter Mensch wird dort stehen und mich mit sich in unser Zuhause nehmen.»

Göndi schüttelte sich erneut, verkroch sich noch tiefer in die alte Decke und träumte von früheren Zeiten.

Es war, als läge er wieder vor dem Kamin, in dem ein lustig flackendes Feuer brannte, dass ihn wärmte. Leise perlende Töne wehten vom Klavier zu ihm hinüber, an dem sein Mensch saß und Musik machte. Warum er das tat und was es zu bedeuten hatte, wusste Göndi nicht, aber es war so beruhigend, so anheimelnd und er fühlte sich sicher und geborgen. Immer wenn der Mann am Klavier saß, spürte Göndi, wie glücklich und zufrieden er war. In diesen Momenten schien die Zeit still zu stehen, aller Ärger, alle Sorgen waren vergessen.

Erst die schrille Stimme der Frau riss Göndi und wohl auch den Mann aus ihren Träumen. Die Frau machte keinen Hehl daraus, dass sie den Hund nicht mochte.

«Ich verstehe überhaupt nicht, was du an diesem Straßenköter findest. Warum hast du ihn eigentlich nicht dort gelassen, wo du ihn gefunden hast? Er bringt doch nur Dreck und Ungeziefer ins Haus.»

Der Mann antwortete nicht, hatte längst aufgegeben, den Hund zu verteidigen, den er als halbverhungerten Welpen neben seiner toten Mutter am Straßenrand fand. Die beiden anderen Welpen waren ebenfalls tot. Auch dieser Kleine, der noch ganz schwach atmete, bliebe wohl nicht mehr lange am Leben. Das konnte der Mann nicht zulassen. Er hob ihn auf, wickelte ihn in seine Jacke und brachte ihn zu einem Freund, der von Beruf Tierarzt war. Der untersuchte den winzigen Hund genau und behielt ihn erst einmal bei sich in der Praxis, um ihn langsam aufzupäppeln. Jeden Tag kam der Mann, der ihn gefunden hatte, setzte sich zu dem Hundekind, streichelte es vorsichtig und liebevoll und erzählte ihm von seinem Zuhause, dass auch bald das Heim des Kleinen werden sollte. Es dauerte nicht lange, da war aus dem abgemagerten, struppigen Etwas ein niedlicher Welpe geworden, der auf seinen dicken Pfötchen dem Mann fröhlich entgegen stolperte.

«Hör mal, Zoltan», sprach nach einiger Zeit der Tierarzt seinen Freund an, «viel länger kann ich den Kleinen aber nicht hierbehalten. Er ist gesund und kräftig genug, um an jemanden vermittelt zu werden. Das ist aber nicht meine Aufgabe. Normalerweise müsste ich ihn jetzt an ein Tierheim abgeben. Aber da du mein bester Freund bist und offensichtlich an dem Hund hängst, wollte ich dich erst fragen, ob du ihn nicht mit zu dir nehmen willst.»

Der Welpe, der auf dem Schoß des Mannes hockte, spitzte die Ohren. Da wurde über sein weiteres Schicksal gesprochen. Wie sehr wünschte er sich, dass der Mann ihn mitnehmen würde, bei ihm wäre er sicher und wüsste, dass er geliebt würde. Beinahe vergaß er zu atmen, so gespannt wartete er auf die Antwort.

«Lieber Freund», sagte der Mann nach einer Weile, die dem kleinen Hund wie eine Ewigkeit vorkam, «darüber habe ich auch schon länger nachgedacht. Du siehst ja selbst, wie sehr der Kleine an mir hängt und wie lieb ich ihn in der kurzen Zeit gewonnen habe. Leider ist meine Frau absolut gegen Haustiere, besonders Hunde wären laut und brächten nur Schmutz und Ungeziefer ins Haus.»

Göndi senkte traurig seinen Kopf und schnupperte noch einmal intensiv am Hemd des Mannes, von dem er sich so viel erhofft hatte. Auch der Tierarzt sah ungläubig drein.

«Das ist doch nicht dein Ernst», meinte er vorwurfsvoll, «wie kannst du den Kleinen so enttäuschen und mich, wenn ich ehrlich bin auch. Ich hatte gedacht, du nimmst den Hund zu dir. Wie schade!»

«Nun warte doch mal», der Mann lächelte verschmitzt, «lass mich doch erst einmal zu Ende reden. Ich habe meiner Frau unmissverständlich klargemacht, dass allein ich über den Hund entscheide. Ich habe ihm das Leben gerettet und das verpflichtet mich dazu, mich auch weiterhin um ihn zu kümmern. Mag es ihr in den Kram passen oder nicht! Er gehört zu mir, wenn er das will. Nun, willst du mit mir nach Hause gehen, mein Kleiner?»

Da gab es für den Welpen kein Halten mehr. Er sprang auf den Boden, rannte zur Tür und ließ sich ohne Angst in das Auto setzen, das vor der Tierarztpraxis stand. Mit diesem Menschen, das spürte er, würde ihm niemals etwas Böses geschehen.

Der Mann lenkte mit ruhiger Hand sein Auto durch den dichten Straßenverkehr der Stadt. Der junge Hund, der auf dem Beifahrersitz hockte, nahm die Gelegenheit wahr, sich den Menschen, zu dem er jetzt gehörte, genauer anzuschauen. Auf dem Kopf hatte er graue Haare, das bei den Menschen ein Zeichen des Alters war, im Gegensatz zu Hunden, die doch jede Fellfarbe haben konnten. Sogar bei ihm selbst waren einige Stellen im Fell grau und er war ja nun wirklich noch nicht alt. Der Mann war groß und trug einen runden Bauch vor sich her. Das runde Gesicht, in dem kein Fell zu sehen war, machte auch einen freundlichen Eindruck. Die Augen, braun und groß, schauten beinahe immer herzlich und sanft drein. Die Hände, bei Menschen hießen die Pfoten so, wirkten kräftig, so als wäre nicht nur ein kleiner Hund in ihnen sicher und geborgen.

Während das Auto vor sich hin brummte, drehte der Mann sich zu dem Hund hin.

«Weißt du, was mir gerade einfällt?», lachte er, «du hast noch gar keinen Namen, mein Kleiner. Das geht nicht, denn ich muss dich ja irgendwie rufen können.»

Ein Name, was war das? Der kleine Hund wartete gespannt darauf, was der Mensch sagen würde. Der schaute geradeaus und überlegte dabei laut.

«Hm, das erscheint mir gar nicht so einfach. Was würde zu dir passen, mein Kleiner? Du bist ein wenig struppig, da steckt

sicher ein Terrier dahinter. Struppig, ja, genau, wie wäre es mit Göndi? Das bedeutet auf Ungarisch so viel wie krauses oder struppiges Haar. Nun, wie gefällt dir das? Möchtest du Göndi heißen?»

Der kleine Hund lauschte dem Klang des Wortes nach. Göndi? Das hörte sich liebenswert an. Würde man ihn jetzt so rufen? Göndi, komm her? Das schien richtig zu sein. Er stupste vorsichtig mit der Nase die Hand des Menschen an, und der verstand.

«Also bleibt es dabei, mein Kleiner, du bist jetzt mein Göndi und ich bin sicher, wir beide werden eine ganz wunderschöne Zeit miteinander haben.»

«Oh ja», dachte Göndi in seiner Erinnerung wehmütig, «es war eine wunderbare Zeit mit meinem Menschen, der auch einen Namen hatte, er hieß Zoltan, wie ich schnell merkte. Als das Auto anhielt, durfte ich herausspringen. Mit großen Augen sah ich mich um. Um mich herum gab es grünes Gras und viele Bäume, es duftete nach Blumen und dunkler Erde, in der ich am liebsten gleich gebuddelt hätte. Doch dann vernahm ich eine schrille Stimme, die schon von weitem zu hören war.»

«Zoltan, was ist das da? Wie kannst du nur so ein Tier hierher bringen. Du weißt doch genau, dass ich das nicht ertrage.»

Mehr hörte Göndi nicht. Er sprang schnell zurück in das Auto und duckte sich unter den Sitz, so gut es eben ging. Das schrille Geschrei hörte irgendwann auf, der Mensch Zoltan rief nach ihm, suchte ihn. Mit weit aufgerissenen Augen und am ganzen kleinen Körper zitternd saß Göndi auf dem Boden des Autos, als Zoltan ihn fand.

«Hab keine Angst», *flüsterte er sanft*, *«du bleibst bei mir. Wenn wir uns an die Regeln halten, du also immer bei mir in meiner Nähe bleibst und ganz ruhig bist, dann gibt es keinen Ärger mit meiner Frau. Was meinst du, kleiner Göndi, schaffen wir beide das?»*

Das hatten sie gemeinsam geschafft, Mensch und Hund, damals... vor viel zu langer Zeit....

3. Kapitel

Im Winter 2015, irgendwo an der Ostsee...

Auch wenn mich mein Weg jeden Tag zu der Stelle im Garten führte, an der mein Leo in seinem ewigen Schlummer lag, ging mein Leben doch weiter, irgendwie.

Manchmal, wenn die Wohnung allzu leer und mein Leben ohne Hund viel zu sinnlos erschien, dachte ich daran, all das zu unternehmen, was ich mit Leo gemeinsam nicht hatte tun können. Konzerte, Theater, Museumsbesuche sollten mir den langen Winter versüßen, so hoffte ich jedenfalls. Doch nichts davon setzte ich in die Tat um. Traurig saß ich vor meinem Computer, ohne ein Wort zu schreiben, starrte durchs Fenster, ohne wirklich etwas zu sehen, und vermisste meinen Leo täglich mehr. Nichts machte mir Freude, Weihnachten kam und ging, ich brachte nicht einmal genug Energie auf, meine Wohnung weihnachtlich zu schmücken.

«Für wen und warum», dachte ich und verkroch mich immer mehr in mich selbst. Den Menschen ging ich aus dem Weg, wurde unduldsam und eigenbrötlerisch, ohne es zu merken. Je mehr ich mich zurückzog, desto mehr mieden die Menschen mich auch. Im Februar wurde ich krank, eine heftige Erkältung überfiel mich von einer Stunde zur anderen. Drei Tage kam ich nicht aus dem Bett, lebte von Tee und Zwieback und tat mir gründlich leid.

Manchmal glaubte ich in meinen wirren Fieberträumen, Leos warmen kleinen Hundekörper an meiner Seite zu spüren, und schon flossen meine Tränen wieder.

Als ich wieder auf die Beine kam, etwas zittrig, aber gesund, schwor ich mir, dass ich aus diesem Sumpf der Trauer unbedingt heraus musste. Also war das Naheliegendste, mich mit dem Verlust von Leo auseinanderzusetzen. Dass ich einen neuen Hund brauchte, wurde mir jetzt bewusst. Doch zuerst musste ich endlich damit aufhören, Leo nachzutrauern. Das tat ich auf meine Weise, mit dem, was ich am besten konnte, mit dem Schreiben. Ich schrieb auf, wie Leo damals in mein Leben kam, vor vielen Jahren.

Dabei stand mir noch ganz deutlich vor Augen, wie ich mich damals fühlte, an diesem letzten Urlaubstag vor beinahe zwölf Jahren.

Genüsslich wollte ich mich noch mal im Bett herumdrehen, denn aufstehen mochte ich noch nicht, schließlich war heute mein letzter Urlaubstag. Am kommenden Montag ginge es wieder los, immer dasselbe, immer die gleiche Tretmühle, eine Arbeit, um Geld zu verdienen, mehr nicht.

Früher, ja, früher, auch wenn ich mich so anhöre wie meine eigene Großmutter, dachte ich und musste über mich selbst lachen, ach ja, früher da war es viel besser, da hatte der Job mir noch richtig Spaß gemacht. Aber jetzt, im Laufe der vielen Umstrukturierungen, welch ein scheußliches Wort, musste die gleiche Arbeit, die bisher drei Mitarbeiter beschäftigt hatte, von einer Person allein bewältigt werden. Sich darüber zu beschweren, war vollkommen unmöglich, das tat man schon aus Angst um den Arbeitsplatz besser nicht. Also, dachte ich, wie viele Kollegen, Zähne zusammenbeißen und durch.

Kein Wunder also, wenn ich heute nicht aus dem Bett springen mochte. Der Urlaub, wenn man davon überhaupt reden konnte, war auch nicht so erholsam verlaufen, wie ich mir das vorgestellt hatte. Diese eine Woche im sonnigen Griechenland hatte mir das ganze Jahr wie eine Fata morgana vor Augen gestanden und wie schnell war alles vorbei. Kaum hatte ich die Koffer gepackt und fuhr los zum Flughafen, war ich auch schon wieder auf der Heimreise. Das Schönste an der ganzen Sache war die Bekanntschaft mit einem Hund. Er tauchte am ersten Morgen am Strand neben meinem Liegestuhl auf, und ich sah es auf den ersten Blick, er war eine richtige Hundepersönlichkeit. Er bettelte nicht um Futter, drängte sich nicht auf, sondern verteilte seine Gunst, indem er sich von mir streicheln ließ und darum bat, eine Weile neben mir liegen bleiben zu dürfen.

Dieses Ritual hielt er jeden Morgen ein. Er trug kein Halsband, nur ein Stück eines Kofferbandes, das ihm wohl eine mitleidige Seele irgendwann umgebunden hatte, um ihn vor den eifrigen Hundefängern zu retten, die überall unverhofft auftauchten, um die Strände «sauberzuhalten», wie es hieß. Dieser außergewöhnliche Hund war sich selbst genug, seine starke Ausstrahlung brachte ihm den nötigen Respekt bei seinen freilebenden Hundekollegen ein und stolz kontrollierte er das Stück Strand, das er für sich beanspruchte.

Ich nannte ihn Hermes, den Götterboten, denn die Götter mögen ihn wohl geschickt haben, um mich zu trösten. Das tat er dann auch mit Erfolg.

Trost brauchte ich, daran bestand kein Zweifel, war doch vor fast einem Jahr Ferry, unser Foxterrier gestorben. Siebzehn lange, wunderschöne Jahre lebte er bei uns und bereicherte unser Familienleben mit seinen Clownereien.

Eines Tages war es dann so weit, sein kleines Hundeherz wollte nicht mehr, in meinen Armen schlief er ruhig für immer ein. Obwohl es mir schon länger bewusst gewesen war, dass er bald sterben würde, brach doch für mich eine Welt zusammen. Es war für mich fast so, als wäre ein Kind gestorben.

Jeder, der so lange mit einem Haustier zusammengelebt hat, kann das sicher nachvollziehen. Ich war untröstlich, weinte tagelang. Immer wieder kamen mir die Tränen, wenn ich an Ferry dachte. Die Zeit heilte meine Wunden nicht, aber sie verging, es wurde wieder Frühling, nach einem langen dunklen Winter, der für mich nicht enden wollte. Ich ging wieder hinaus, doch ich mied meinen Lieblingsweg durch den Wald. Ohne Ferry wäre es nie mehr dasselbe. Es wurde Sommer und ich arbeitete oft im Garten, doch die rechte Freude daran wollte nicht aufkommen. Das Trappeln von Hundepfoten, jemand, der mir einen Ball vor die Füße warf, einer, der mir das Unkraut aus dem Eimer klaute, in das ich es hineingeworfen hatte, alles das fehlte mir entsetzlich. Dann kam der Urlaub, ich wünschte mir Vergessen und Erholung.

Doch mit Hermes kam die Sehnsucht nach einem Hund zurück. Hatte ich bisher geglaubt, dass ich ohne einen Hund freier und unabhängiger wäre, dieser Urlaub belehrte mich eines Besseren. Denn als ich wieder zu Hause war, beschimpfte mich meine Mutter mit wütendem Gesicht. Wie ich es wagen könnte, sie solange alleine zu lassen, es hätte ihr ja sonst was Schlimmes passieren können, sie hätte verhungern, verdursten, verunglücken oder sterben können und kein Mensch hätte sich um sie gekümmert. Ihre Vorwürfe trafen mich tief, waren sie doch völlig ungerechtfertigt. Denn auch von ihr hatte ich etwas Abstand dringend nötig gehabt.

In letzter Zeit wurde sie schwierig, unduldsam und vor allem unberechenbar. Zu all meiner Arbeit kam der tägliche Besuch bei ihr, das zusätzliche Einkaufen und Saubermachen bei ihr. Die ständige Furcht, sie könne allein aus dem Haus gegangen sein, in der Stadt umherirren oder verletzt in ihrer Wohnung liegen, setzte mir noch mehr zu. Ich klammerte mich an den Gedanken, dass ich im Urlaub endlich ein wenig Ruhe finden würde. Dass dies nur mit Ferien im Ausland zu verbinden sei, war mir bewusst. Zu Hause würde ich doch nur täglich nach meiner Mutter sehen. Natürlich hatte ich jemanden beauftragt, sich während meiner Abwesenheit um Mutter zu kümmern, und es mit der hilfsbereiten Nachbarin abgesprochen.

Vor der Abreise meinte Mutter in einem ihrer lichteren Momente, dass ich mich gut erholen solle, ich hätte das auch sicher sehr nötig und sie käme schon zurecht. Ich solle nur getrost in Urlaub fahren.

Das tat ich, und jetzt, nach meiner Rückkehr, überschüttete sie mich mit diesen ungerechtfertigten Vorwürfen. Ich verstand die Welt nicht mehr. Weinend fuhr ich nach Hause. Als ich wieder klar denken konnte, wurde mir klar, dass auch meine Mutter Hilfe benötigte.

Mein Hausarzt hörte sich meine Sorgen an und meinte, ich sollte mit meiner Mutter zu ihm kommen, damit er sich ein genaueres Bild von ihr machen könnte. Aber das war leichter gesagt als getan. Mutter wehrte sich, meinte, sie sei so gesund wie ein Fisch im Wasser und sie habe keine Lust, die Ärzte unnötig reich zu machen. Da war guter Rat teuer, in diesem Fall unbezahlbar und ich dachte daran, zunächst einmal das Wochenende abzuwarten und dann den Hausarzt zu bitten, bei meiner Mutter vorbei zu schauen.

All das ging mir durch den Kopf, als ich mich nochmal im Bett herumdrehte und überhaupt keine Lust hatte aufzustehen. Mein Magen schien anderer Meinung zu sein, er knurrte vernehmlich.

Bald saß ich am Frühstückstisch und blätterte durch die Zeitung. Ich las, blätterte weiter, stockte und blätterte zurück, wollte meinen Augen nicht trauen und las es erneut. Da stand, schwarz auf weiß:

«Welsh-Terrier, Rüde, zwei Jahre, in gute Hände abzugeben!»

Ich war wie vom Donner gerührt, konnte das wahr sein, war das der Hund, von dem ich schon so lange träumte, ohne dass ich es mir eingestanden hatte? Wäre das nicht genau der Hund, den ich mir ausgesucht hätte, wenn ich noch einmal einen haben wollte?

Sofort hinterfragte ich mich, war es klug, sich jetzt auch noch mit einem Hund zu belasten? Wer weiß, was mit meiner Mutter alles auf mich zu käme. Vor der drohenden Diagnose «Demenz» fürchtete ich mich sehr. Andererseits, Urlaube schieden im

Moment sowieso aus, ich konnte und wollte meine Mutter nicht mehr alleine lassen.

Ich grübelte nach, während ich mir noch einmal in Ruhe die Zeitungsanzeige durchlas: «Welsh-Terrier, Rüde, zwei Jahre alt, in gute Hände abzugeben.»

«Ja wenn das so ist», dachte ich und mein Herz tat vor Freude einen Riesensprung, «ja, wenn das so ist, dann wäre dieses Wesen, das hier angeboten wurde, genau der richtige Hund für mich und vielleicht sogar für meine Mutter, die immer wieder nach Ferry fragte und nicht verstand, dass es ihn längst nicht mehr gab».

Dann überlegte ich noch einmal ganz nüchtern. Der Hund, der hier angeboten wurde, schien der Richtige für mich zu sein. Schließlich hatte ich doch schon öfter darüber nachgedacht, was das für ein Hund sein sollte, wenn ich wieder einen zu mir holen wollte. Erstens sollte es kein Welpe sein, dazu fehlte mir die Zeit. Zweitens wünschte ich mir einen Rüden und drittens einen Terrier, am liebsten einen Foxi. Aber ein Welsh-Terrier, so informierte ich mich, hätte die gleiche Größe und sähe auch sonst recht ähnlich aus.

«Stimmt», dachte ich laut, es war ja niemand da, der sich über meine Selbstgespräche wundern könnte, «das passt alles recht gut. Und was mache ich jetzt?»

«Ich rufe einfach mal dort an» beantwortete ich mir selbst meine Frage, «die Telefonnummer steht ja dabei, vielleicht ist er schon vergeben.»

Nur einen kurzen Augenblick zögerte ich noch, dann wählte ich die angegebene Nummer. Mein Herz klopfte laut, als am anderen Ende der Leitung jemand abhob und eine brummige Männerstimme auf meine Frage nach dem Inserat antwortete, ja, der Hund sei noch da und ich könne ihn mir ansehen, es wäre heute den ganzen Tag jemand zu Hause. Dann wurde mir noch die genaue Adresse und eine kurze Wegbeschreibung durchgegeben und rasch aufgelegt. Nachdenklich legte ich den Hörer aus der Hand. Merkwürdig, das hörte sich so lieblos, so desinteressiert an, sollte ich wirklich...? Zweifel überfielen mich, war etwas faul an dieser Geschichte?

Dieses sonderbare Gefühl verließ mich auch dann noch nicht, als ich im Keller nach Ferrys altem Hundekorb, seiner Decke und seiner Leine suchte. Das alles hatte ich nach seinem Tod nicht einfach wegwerfen können, sondern gereinigt, gut verpackt und im Keller verstaut. Hatte ich geahnt, dass ich ohne Hund auf die Dauer nicht leben mochte? Jetzt freute ich mich natürlich darüber, denn nun hatte ich schon alles parat für den Neuen.

Doch immer wieder stellte ich mir Fragen. Was wird es für ein Wesen sein, das mich dort erwartete? Warum wollte man diesen Hund loswerden? Es gab nur eines, um das Rätsel zu lösen, hinzufahren und mich selbst davon zu überzeugen.

Die wenigen Kilometer bis zur angegebenen Adresse verlor ich mich in Spekulationen über den Hund, wägte alle Für und Wider ab und kam doch zu keinem Ergebnis.

Endlich, ich fuhr durch eine Lindenallee auf einen Bauerhof, recht gepflegt und idyllisch gelegen. Ich hielt an, kein Mensch war zu sehen, nichts rührte sich. Langsam ging ich um die Hausecke, wieder nichts, sollte ich an der falschen Adresse sein? Doch da, beim Nähertreten sah ich ihn, einen kleinen Hund, der an einer langen Leine angebunden war. Meine Gedanken überstürzten sich.

«Das konnte unmöglich.... Nein, das war doch nicht wahr....Ich weiß doch, wie ein Welsh-Terrier aussehen sollte.»

Ich traute meinen Augen nicht. Was da am Ende der Leine stand und mich misstrauisch beäugte, war kein Hund, nein, das war ein Handfeger auf Füßen. Ruppig, struppig, ungepflegt stand ihm das raue Fell um den mageren Körper. Vorsichtig, um ihn nicht noch mehr zu erschrecken, ging ich auf ihn zu, hockte mich hin und hielt ihm meine Hand zum Beschnuppern hin. Immer noch argwöhnisch kam er näher, nahm meine Hand in Augenschein, schnupperte, setzte sich hin und sah mir in die Augen.

In diesem Moment vergaß ich alles um mich herum, verlor mich in diesen leuchtenden, strahlenden Hundeaugen, die mir direkt in die Seele zu blicken schienen. Ich vergaß das struppige Fell, ich vergaß die Leine, den Bauernhof, alles um mich herum, es gab nur noch diesen Hund und mich. Lange blickten wir uns an, ohne uns zu rühren. Dann stand der Hund auf, setzte sich ganz dicht neben mich und schaute mich vertrauensvoll an. Ich nahm ihn in den Arm, spürte diesen kleinen mageren Körper erschauern, sich an mich pressen und eine kleine rosa Zunge leckte mir zärtlich die Hand.

Jetzt kam endlich jemand aus dem Haus. Es war der Besitzer des Hofes, der aus dem ungepflegten Tier anscheinend noch Geld herausschlagen wollte.

«Der ist reinrassig, hat Papiere», knurrend streckte er mir einen Umschlag entgegen, «nur für die Jagd taugt er überhaupt nichts. Er will einfach nicht gehorchen. So was kann ich nicht brauchen. Wenn ihn keiner kauft, dann läuft er mir bald vor die Flinte.»

Wieder kamen Zweifel in mir auf, ich ignorierte sie einfach und hockte mich erneut zu dem Hund, der mir nicht länger misstraute. Lange, für einen Hund viel zu lange, sah er mich an. Auf einmal ging etwas Unglaubliches in ihm vor. Der Ausdruck seines Hundegesichtchens veränderte sich, die Angst wich aus seinen Augen, eine Hoffnung, vage noch, glomm darin auf. Er schüttelte sich, stellte sich neben mich und sah mich an, als wolle er sagen: «Gehen wir endlich?»

Was dann kam, verstand ich weder damals, noch irgendwann später. Der Bauer berichtete, dieser Hund wäre ein Killer, der ständig jage und immer von zu Hause fortlaufen würde. Er habe ihn dann schließlich in den Schweinestall sperren müssen, weil er sich einfach nicht unterordnen wollte. Trotzdem lasse man den Hund nur ungern gehen.

Ich wollte von all den Ungereimtheiten nichts hören. Alles, was mir jetzt wichtig erschien, war, dass dieser kleine Hund endlich ein gutes Zuhause bekäme, bei mir. Hier hatte er das offensichtlich nicht.

Der Bauer, der inzwischen gemerkt hatte, dass ich den Hund unbedingt mitnehmen wollte, nannte einen völlig überzogenen Preis, weil das Tier schließlich reinrassig sei und er doch eine Menge Geld dafür ausgegeben habe. Ich nickte nur, drückte dem Mann den Betrag, den er haben wollte, wortlos in die gierig ausgestreckten Hände. Für mich gab es nur noch die leuchtenden bernsteingoldenen Hundeaugen und wusste, dass ich diesen Schritt niemals bereuen würde.

Ich drehte mich um, ging auf mein Auto zu und der Hund folgte mir, ohne Halsband, ohne Leine, als wäre es für ihn das

Selbstverständlichste von der Welt. Schon wollte ich einsteigen, da fiel mir noch etwas Wichtiges ein, ich kannte doch seinen Namen nicht. Ich rief dem Bauern meine Frage zu und der zuckte nur die Schultern.

«Nennen Sie ihn doch, wie Sie wollen!»

Er verschwand im Haus, ohne sich noch weiter um uns zu kümmern. Ein junges Mädchen, das schüchtern hinter meinem Wagen stand und erst zum Vorschein kam, als der Mann fort war, trat auf mich zu und flüsterte:

«Wir haben ihn Theo genannt, weil er aus Polen kam. Sie kennen doch sicher das Lied «Theo, wir fahren nach Lodz». Er ist so ein lieber kleiner Kerl. Ich wollte ihn nicht hergeben, aber mein Vater...» Sie kam etwas näher und fragte ganz leise, «Bitte, darf ich ihn mal besuchen kommen?»

Scheu sah sie sich um, ob ihr Vater es auch nicht mitbekäme, dass sie mit mir sprach. Doch der zählte im Haus wohl gerade zufrieden das Geld, dass er für Theo erhalten hatte. Schnell schrieb ich dem Mädchen meine Adresse auf einen Zettel, da rannte es auch schon davon. Kopfschüttelnd stieg ich ein. Was für eine seltsame Familie, ging mir durch den Kopf, als ich das Auto startete.

Neben mir, auf dem Boden vor dem Beifahrersitz, hockte der Hund. Er war ohne Zögern eingestiegen, saß da unten und tat, als wäre es völlig normal, dass er mit mir nach Hause käme. Er rührte sich die ganze Fahrt über nicht, warf keinen Blick zurück, jammerte und winselte nicht. So viel Vertrauen berührte mich.

Als ich vor der Garage ausstieg, kam Theo, ohne dass ich ihn rufen musste, mit mir ins Haus. Über den Namen Theo würde ich allerdings noch mit ihm reden, er passte gar nicht zu ihm.

Heute weiß ich, dass ich damals schon ahnte, dass zwischen diesem Hund und mir etwas ganz Besonderes entstanden war. Noch im Flur nahm ich den mageren Hundekörper in meine Arme, er ließ es zitternd geschehen. Sein struppiges Fell, rotbraun mit schwarzer Decke, hatte sicher schon lange keine Bürste mehr gesehen und um das kleine Hundegesicht stand das fuchsrote Haar wie eine Mähne. Ich lachte leise.

«Weißt du was, mein Kleiner, für heute hattest du wirklich genug Aufregung und werde ich dich in Ruhe lassen. Aber du und vor allem dein Fell bedürfen einer dringenden Pflege. Da muss so einiges runter. Doch hab keine Angst, ich gebe dir mein ganz großes Hunde-Ehrenwort, dass dir bei mir nie etwas Schlimmes geschehen wird.»

Ein letztes Zittern lief noch durch den Kleinen, dann legte er mir zaghaft seine Pfote auf den Arm. An diesem Abend schlief er selig auf einer Decke neben meinem Bett, nachdem er sich an schnell besorgtem Hundefutter sattgegessen hatte. Ich lächelte, als ich sah, wie sich das runde Bäuchlein unter dem Fell abzeichnete.

Neben mir auf dem Nachttisch lagen seine Papiere, oder das, was der Bauer mir mitgegeben hatte. Der Impfausweis war in Ordnung, der letzte Impftermin lag nur wenige Tage zurück, war sicher in Erwartung eines Verkaufs vorgenommen worden.

Ein großes Blatt in polnischer Sprache lag dabei, aus dem ich mühsam entzifferte, dass «Oboj» tatsächlich ein reinrassiger

Welsh-Terrier sein sollte, geboren im März des Jahres 2000. Mit dem Wort oder dem Namen Oboj konnte ich nichts anfangen.

Vage erinnerte mich dieses Wort an eine Oboe, an das Musikinstrument. Doch wer würde einen kleinen Hund schon nach einer Oboe benennen. Lange lag ich in dieser Nacht noch wach und überlegte, hörte den Hund neben mir, der im Schlaf leise Schmatzgeräusche von sich gab. Ich war nun endlich nicht mehr so allein.

Am nächsten Morgen schlug der Kleine die Augen auf, sah mich und wedelte vorsichtig mit dem Schwanz, als könne er es nicht so recht glauben, dass er das alles nicht nur geträumt hatte. Flink sprang er auf, an mir hoch und freute sich sichtlich, mich zu sehen. Ich brachte ihn in den Garten, den er sich im Nu eroberte. Es war so unbeschreiblich schön, zu sehen, wie dieser kleine Kerl fröhlich umherlief und sein neues Zuhause sofort annahm. Er kam, als ich ihn rief und ließ sich geduldig bürsten. Das Fell war anscheinend nie geschnitten worden und stand um seinen Kopf wie eine rotgoldene Löwenmähne. Da wusste ich, wie mein neuer Freund heißen sollte.

«Leo», rief ich versuchsweise und er reagierte sofort.

«Leo», rief ich noch einmal und erneut kam er auf mich zugesprungen. Leo schien dem alten Namen «Theo» so ähnlich zu sein, dass er seinen neuen Namen sofort akzeptierte.

Nur wenige Tage, nachdem Leo bei mir eingezogen war, ließ ich ihn am Abend nochmals in den Garten. Es war schon dunkel und ich blieb im Haus. Erst als ich ein seltsames Schnaufen und Grunzen auf der Terrasse vernahm, machte ich die Außenbeleuchtung an. Da stand mein kleiner Hund mit einem Igel im Maul, den er mir ganz vorsichtig vor die Füße legte.

«Leo, du hast doch wohl nicht unseren Hausigel erlegt», rief ich erschrocken, denn dieser Igel wohnte seit Jahr und Tag in meinem Garten, überwinterte sogar im Laub- und Reisighaufen, der neben dem Kompost liegen bleiben durfte.

Leo schaute mich fragend an, erwartete wohl, dass ich mich über sein «Geschenk» freute. Ich bückte mich zuerst nach dem Igel, wollte ihn vorsichtig greifen, da rollte der sich langsam auseinander und lief, so schnell ihn seine kurzen Beine trugen, in Richtung das schützenden Laubhaufens. Ich sah ihm lachend hinterher und begutachte Leo, aus dessen Maul ein paar Blutstropfen fielen. Es war nicht schlimm, scheinbar war es nicht der erste Igel, den er gefangen hatte.

Wir gingen ins Haus und dort nahm ich Leo wie so oft, seit er bei mir war, in die Arme. Wie sollte ich ihm nur erklären, dass der Igel zu uns gehörte und dass er ihn in Ruhe lassen sollte? Erwartungsvoll schaute er mich an. Ich fragte mich, was er meinte. Dann dämmerte es mir. Leo wollte seine Dankbarkeit damit ausdrücken, dass er mir ein Geschenk machte. Doch das Einzige, was er konnte, war jagen, und deshalb brachte er mir die erste Beute, die er finden konnte, den Igel.

Als mir das bewusst wurde, zeigte ich ihm, wie sehr ich mich darüber freute. Alles andere spielte jetzt keine Rolle. Leo wollte mir auf die einzige Art zeigen, die er kannte, dass er sich bei mir wohlfühlte. Diese rührende Geste machte mich unbeschreiblich glücklich. Nachdem er seine Ängste nach und nach abgelegt hatte, blieb Leo ein fröhlicher, freundlicher Hund, der zwar nicht immer aufs Wort gehorchte, aber das tun Terrier ja ohnehin nur selten.

Eine weitere Begebenheit zeigte mir deutlich, welch einen außergewöhnlichen Hund ich mir ins Haus geholt hatte. Ein Besuch beim Tierarzt zeigte zwar, dass Leo gesund war, aber noch gechipt werden sollte. Ein Blick auf die Zähne zeigte, dass da einiges getan werden musste. Leos Zähne waren voller Zahnstein, viel zu weich, und für feste Nahrung kaum geeignet. Es schien, als habe man den Hund vom Schweinefutter mitfressen lassen, das für ihn ungeeignet war und als Welpe wurde er wohl auch schon schlecht ernährt.

Unser Tierarzt empfahl mir, Leo als Belohnung ab und zu einen Kalbsknorpel zu geben, um seine Kaumuskulatur und die Zähne zu stärken. Das tat ich dann auch. Mein kleiner Leo sah mich fragend an, als ich ihm so einen Kalbsknorpel hinhielt, nahm ihn aber behutsam aus meiner Hand und lief damit in den Garten.

Nach ein paar Wochen fiel mir auf, dass ich ihn nie mit dem Knorpel auf dem Rasen hatte liegen sehen. Von anderen Hunden wusste ich, dass sie gerne auf so etwas herumkauten und den Knochen oder Knorpel so lange bearbeiteten, bis er aufgefuttert war. Ich nahm mir vor, Leo genau zu beobachten, wenn ich ihm das nächste Mal so einen Leckerbissen gab.

Wie immer nahm er ihn höflich entgegen, rannte damit in den Garten und ich sah ihm vom Fenster aus zu. Schnurstracks lief Leo mit dem Knorpel im Maul zur Kletterrose, die neben dem Küchenfenster wuchs. Dort war die Erde weich. Leo legte den Knorpel ab, buddelte ein Loch in die Erde neben der Rose, legte seinen Schatz hinein und schob dann mit der Nase alles sorgsam wieder zu.

Da wusste ich, was mit den Knorpeln geschehen war. Lachend kraulte ich Leo das Bäuchlein und überlegte mir ein anderes Leckerli für ihn, dass er dann auch bestimmt auffressen würde. Eine ganz unbeabsichtigte Nebenwirkung zeigte sich im nächsten Frühjahr, denn meine Kletterrose gedieh prächtig und hatte noch nie so üppig und lange geblüht, bestimmt dank Leos unfreiwilliger Düngergabe.

Für Leo und mich begann eine wunderbare Freundschaft, die zwölf Jahre andauern sollte. Eine lange Zeit, in der er immer an meiner Seite war. Viele lustige, aber auch aufregende Ereignisse kennzeichneten unser gemeinsames Leben.

Ich habe es niemals bereut, ihn von dem Bauernhof gerettet zu haben, und er hat es mir mit all seiner Liebe vergolten...

4. Kapitel

Im Frühling 2015, irgendwo in Ungarn...

Über Nacht war es Frühling geworden, Frühling in Ungarn und auch Frühling in dem kleinen Tierheim, in dem Göndi immer noch saß. An diesem Tag war er auf die Holzhütte gesprungen, die Schutz und Schatten bieten sollte. Dort drinnen machten sich seit einiger Zeit die beiden Schnauzermischlinge Oli und Boli breit, die Göndi ignorierten und die besten Plätze im Zwinger für sich beanspruchten. Friedfertig wie Göndi nun einmal war, überließ er klaglos den beiden Rabauken die Hütte.

Heute ging es ihm recht gut, denn die warme Frühlingssonne schien ihm freundlich auf den zotteligen Pelz, der ihm im Winter gewachsen war. Behaglich dehnte und streckte sich der kleine Hund, um noch den allerkleinsten Sonnenstrahl zu erhaschen. Die wohlige Wärme ließ ihn einschlafen, doch ein Geräusch, das von der Zwingertür herkam, schreckte ihn auf.

«Es ist noch gar keine Fütterungszeit», dachte Göndi, der sich auf seine innere Uhr verlassen konnte, «was geschieht jetzt?»

Er schaute hoch und in das freundliche runde Gesicht der Frau, die ihn vor langer, langer Zeit hierher gebracht hatte. Sie kam nicht oft in die Zwinger, hatte aber anscheinend hier das Sagen. Vielleicht war sie so etwas Ähnliches wie ein Rudelführer. Immer wenn sie auftauchte, das wusste Göndi, hatte es etwas zu bedeuten. War das auch jetzt so? Hoffnung stahl sich in sein Hundeherz, die Hoffnung, endlich hier heraus zu dürfen.

Die Frau kam näher, kam auf Göndi zu. Er wagte kaum zu atmen. Sie beugte sich zu ihm hinunter und streichelte sanft über seine Ohren und sah in mit kritischen Augen an.

«Ach du lieber Himmel», seufzte sie, «dein Fellchen sieht aber schlimm aus. Das schreit ja geradezu nach Kamm und Bürste. Warte, mein Kleiner, ich komme gleich wieder.»

Fassungslos schaute Göndi hinter der Frau her, als sie sich umdrehte und den Zwinger verließ. Was hatte er nur falsch gemacht? Traurig vergrub er seine Nase zwischen den Pfoten und blinzelte in die Sonne, deren Helligkeit und Wärme ihm der einzige Trost blieb. Da knarrte die Zwingertür erneut und die Frau kam zurück. Sie trug eine Schüssel in den Händen, stellte sie neben Göndi ab und setzte sich auf die Hütte, die bedenklich knirschte. Zwei schwarze Schnauzerköpfe schauten empört nach oben. Als sie die Frau sahen, verzogen sie sich blitzschnell.

Mit einem Tuch, das sie ins warme Wasser der Schüssel tauchte, rieb die Frau Göndis schmutzstarrendes Fell ab. Er ließ es geduldig zu. Danach kamen Kamm und Bürste zum Einsatz. Göndi hielt ganz still, auch wenn es ziepte und zog. Eine beinahe vergessene Erinnerung stieg in ihm auf.

Er war wieder bei Zoltan, seinem Menschen, der mit ihm das große Haus betrat, das nun sein Zuhause sein sollte. So hatte er es ihm erklärt. Staunend sah Göndi sich um, viel grünes Gras gab es rundherum und große Bäume. Am liebsten wäre er auf der Stelle herumgerannt und hätte seine neue Umgebung erkundet, doch ein scharfer Ruck am Hals hielt ihn zurück.

«Nein, Göndi, nein!» Nachdrücklich wiederholte der Mann dieses Wort noch einmal, das Göndi bald mit einem strikten Verbot gleichzusetzen lernte.

«Mein Kleiner, wir beide haben viel zu lernen miteinander. Noch ist es sehr wichtig, dass du an der Leine bleibst, wenn wir draußen im Garten sind. Aber zuallererst müssen wir uns um dein Aussehen kümmern. Dein Fell benötigt dringend Pflege!»

Zoltan lachte, er konnte nicht verärgert sein. Göndi atmete auf, da zog ihn die Leine ins Haus. Ein großer Raum erwartete ihn, der Boden war glatt und kalt, seine Pfoten rutschen ihm weg. Der Mensch hob ihn hoch und setzte ihn auf einen Tisch, wie er ihn schon vom Tierarzt her kannte.

«Bleib sitzen, Göndi, dir passiert nichts. Ich wasche dich nur und bürste dein Fell ein wenig. Du willst doch vor den Augen meiner Frau bestehen, oder?»

Mit seiner warmen dunklen Stimme sprach Zoltan leise und beruhigend auf den kleinen Hund ein, während er ihn mit angewärmtem Wasser säuberte und vorsichtig durch das Fell bürstete. Es fühlte sich angenehm an und von dieser Zeit an sollte eine Bürste für Göndi immer mit diesem Augenblick der Zärtlichkeit verbunden sein. Nach einer Weile trat Zoltan ein Stück zurück und begutachtete sein Werk.

«Mmh, ja, ich denke, so kannst du dich sehen lassen. Das müsste meine Frau von dir überzeugen. Wenn sie dir in die Augen schaut, wird sie bestimmt hin und weg sein. Na komm, dann betreten wir jetzt die Höhle der Löwin. Keine Angst mein Kleiner, sie tut oft nur so bissig.»

Lachend hob Zoltan seinen Hund vom Tisch und die beiden betraten kurz darauf ein großes Zimmer, in dem es für Göndis empfindliche Nase viel zu süßlich roch. Zoltan schien es nicht zu bemerken. Er schritt auf einen Sessel zu, in dem eine Frau saß, von der dieser aufdringliche Geruch anscheinend ausging. Der Mann blieb stehen und Göndi setzte sich ruhig neben ihn.

«Hier, schau, meine Liebe, das ist der kleine Hund, der mir vor die Füße gefallen ist. Er ist ein liebes und gelehriges Kerlchen. Ich bin sicher, dass du ihn auch bald in dein Herz schließt.»

Für einen Moment herrschte Stille, Göndi spürte, wie der Mann immer nervöser wurde, je länger die Frau stumm blieb.

«Ach ja?» Endlich brach sie ihr Schweigen, «wenn du schon einen Hund anschleppen musstest, konntest du dann nicht wenigstens einem Rassehund das Leben retten und nicht so einem Zottelvieh wie dem da?»

Angewidert ließ sie ihren Blick über Göndi schweifen. Dann erhob sie sich und stolzierte davon. An der Tür drehte sie sich noch einmal um und sagte spitz:

«Ich werde mich mit dem Tier wohl abfinden müssen. Tu mir aber den Gefallen und sperre ihn weg, wenn wir Gäste haben. Ich will mich nicht blamieren. Hast du das verstanden?»

Ohne auf eine Antwort zu warten, verließ sie den Raum, ließ einen verblüfften Zoltan und einen verschreckten Göndi zurück.

«Komm mein Kleiner», tröstete Zoltan den zitternden Hund, «wir schauen uns jetzt erst einmal den Garten an. Weil der umzäunt ist, darfst du darin ohne Leine laufen. Dann können wir auch gleich mal üben, worauf du in Zukunft zu hören hast.»

Es folgten schöne Tage und Wochen. Herr und Hund gingen der Frau aus dem Weg, machten lange Spaziergänge und übten alle die wichtigen Regeln und Kommandos, die für das normale Zusammenleben von Mensch und Hund nötig waren. Abends saß Zoltan oft am Klavier, das Göndi inzwischen nicht mehr ängstigte und spielte leise Melodien, die eine tiefe Vertrautheit zwischen ihnen schufen. Göndi lernte viel und tat es gern. Zoltan hob nur etwas seine Stimme, das genügte, wenn der Hund nicht so reagierte, wie er sollte.

«So, mein Kleiner, das sollte reichen», die Stimme der Leiterin des Tierheimes riss Göndi aus seinen Träumen. Die Frau griff in eine Tasche und nahm ein Halsband und eine Leine heraus, die sie Göndi umlegte. Hoffnungsvoll klopfte sein Herz. Ein Halsband und eine Leine hatte Göndi nicht mehr getragen, seit er hier im Tierheim gelandet war. Hier brauchte er beides nicht, denn hier kam er nicht raus. Von hier gab es kein Entkommen.

«Lass es nur wahr sein» flehte Göndi im Stillen, «lass bitte meinen Menschen dort draußen sein und auf mich warten. Dann nimmt er mich mit und alles wird so schön wie früher...»

Mit hocherhobenem Kopf und erwartungsvoller Haltung lief Göndi an der Leine neben der Frau durch die verhasste Gittertür. Es ging auf einen Hof, der auch wieder mit Gittern umgeben war. Der Unterschied zu Göndis Zwinger waren seine Größe und die vielen anderen Hunde, die hier frei herumlaufen durften. Verwirrt sah Göndi sich um, sein Mensch war nirgendwo zu sehen. Die Frau zog ihn an der Leine weiter, um eine Ecke und blieb dann stehen. Als eine Männerstimme etwas rief, horchte Göndi auf, aber es war nicht die Stimme von Zoltan.

«Hast du ihn feingemacht? Ja? Gut, dann hole ich jetzt die Kamera!»

Auf diese Worte konnte Göndi sich keinen Reim machen, er kam auch nicht dazu, denn nun bedeutete man ihm, er solle «Sitz» machen. Das Kommando kannte er und gehorchte.

«Nun mach aber mal ein paar schöne Fotos von unserem Kleinen hier», sagte die Frau und nahm dabei Göndi die Leine ab, «so ist es besser, wir wollen doch nicht den Eindruck machen, dass du nur an der Leine so brav bist. Es wird Zeit, dass sich endlich jemand für dich interessiert. Du bist schon so lange hier und hast dir ein gutes Zuhause verdient!»

So ganz verstand Göndi nicht, was mit ihm geschah. Er saß ganz still da und ließ den Mann um sich herumgehen und ein seltsames Gerät vor seine Augen halten. Dann war es auch schon vorbei. Die Frau hockte sich vor ihn hin und meinte:

«Das hast du gut gemacht. Sehen wir mal, wie du dich im Freilauf benimmst. Na komm, das geht doch ohne Leine, oder?»

Ein bisschen Angst hatte Göndi schon, als er zum Freilauf kam. So viele Hunde, die er nicht kannte, liefen dort herum. Er blieb einfach stehen und wedelte zaghaft mit dem Schwanz. Ein kleines zartes Yorkshiremädchen kam zu ihm und schnupperte interessiert. Er bewegte sich nicht. Nach und nach kamen auch die anderen Hunde zu ihm und beschnupperten ihn. Nicht lange, da lief er fröhlich mit dem Rudel auf dem Hofplatz herum, glücklich darüber, dass er sich endlich wieder frei bewegen konnte.

Dass er nun regelmäßig in den Freilauf durfte, machte ihm das Leben im Tierheim erträglicher. Was er von den anderen Hunden erfuhr, war weniger schön. Immer wieder hörte er, wie *viele von ihnen schwer misshandelt, jahrelang an einer kurzen Kette angebunden waren oder als Gebärmaschinen missbraucht worden waren. Wie entsetzt war er, als ein großer schwarzer Hund ihm die tiefen roten Narben am Hals zeigte, wo die viel zu enge Kette ihm ins Fleisch gewachsen war, weil niemand sich die Mühe machte, sie auszutauschen. Eine junge Mischlingshündin humpelte auf drei Beinen. Ihr Hinterlauf musste amputiert werden, weil sie sich das Bein gebrochen hatte und niemand sich darum kümmerte, bis eine mitleidige Seele sie ins Tierheim brachte. Ein anderer Hund verkroch sich in seiner Hütte. Er war an einem Feldrand angekettet gewesen und hatte lediglich eine alte Blechtonne als Unterschlupf. Fressen und Wasser bekam er nur, wenn jemand mal daran dachte. Viel öfter hagelte es harte Schläge. Jetzt vertraute er niemanden mehr und wartete nur noch darauf, endlich die Augen schließen zu dürfen, für immer.*

Andere Hunde hatten Glück und durften das Tierheim schon bald verlassen. Warum das so war, und warum er, Göndi nie zu den Glücklichen gehörte, die reisen durften, wusste er nicht. Es kamen immer wieder neue Hunde, von denen viele ein sehr schlimmes Leben hinter sich hatten. Ein großer, mit Narben bedeckter Rüde, berichtete, dass er aus einer Tötungsstation kam, wo er nur einen Tag, bevor man ihm das Leben genommen hätte, abgeholt und hierher gebracht wurde. Tiefes Leid lag in seinen dunklen Augen, aber auch ein kleines bisschen Hoffnung.

Göndi ahnte allmählich, welches Glück er gehabt hatte, dass er bei dem Menschen Zoltan so liebevoll aufgezogen worden war. Oft lag er abends noch auf dem Dach der Hütte, schaute in den langsam dunkler werdenden Himmel und erinnerte sich an frühere, glücklichere Zeiten. Immer dann, wenn die Frau mit der schrillen Stimme das Haus verließ und davonfuhr, spürte Göndi, wie Zoltan aufatmete. Nun begann eine entspannte, fröhliche Zeit für Herrn und Hund. Göndi durfte sogar auf das Sofa, wo Zoltan es sich bequem gemacht hatte und in einem Buch las. Die beiden spazierten herum, ohne Angst, der Frau zu begegnen. Die halbe Nacht saßen sie draußen im Garten und Zoltan erklärte Göndi die Sternbilder. Er rauchte dabei eine Pfeife, deren Geruch Göndi in die Nase stieg und lachte sich selbst aus.

«Da sitze ich unterm funkelnden Sternenzelt und erkläre dem Hund, wo sich der Polarstern befindet. Wenn es nicht so traurig wäre, würde ich lachen. Da hab ich eine Frau, bin doch allein.»

Der Hund verstand Zoltans Worte nicht, er spürte aber die Einsamkeit, die dahinter stand und drückte sich tröstend an seinen Menschen. Der kraulte dann gedankenverloren Göndis weiche Ohren und seufzte.

«Ja, ich weiß, ich bin nicht allein. Wie gut, dass es dich gibt!»

Dann schauten Mensch und Hund gemeinsam weiter in den Nachthimmel, der tausend Sterne über ihnen ausschüttete.

«Wo mag Zoltan nur sein», dachte Göndi traurig, «wenn er wüsste, wo ich bin, dann käme er und holte mich hier heraus. Vielleicht ist er ja einer von den Sternen, so wie er es mir einmal erklärte. Manche Menschen gehen fort und man sieht sie nie wieder. Doch sie leuchten als Sterne am Himmel und geben auf uns acht. Das nennen die Menschen das Sterben, hat er zu mir gesagt. Verstanden habe ich es nicht.»

Göndi legte bekümmert die Schnauze auf seine Pfoten und wünschte sich weit weg, am liebsten zu den Sternen über ihm...

5. Kapitel

Im Frühling 2015, irgendwo an der Ostsee...

Es wurde endlich Frühling, der unendlich lange Winter, der einsamste meines Lebens, wie es mir vorkam, war vorüber. Die Sonne lockte mich in den Garten und mein erster Weg führte mich zu Leos Grab. Hier, im Schutz von Haselnuss und Holunder blühten die ersten Himmelsschlüssel. Auch der Waldmeister entfaltete schon seine zarten Blätter. Wie so oft hielt ich stumme Zwiesprache mit meinem toten Gefährten.

Ich vertraute ihm an, wie sehr er mir fehlte und wie schlecht ich mich ohne ihn fühlte, wie einsam und verlassen. Trotz des strahlenden Sonnenscheins war in mir alles grau und trübe.

Tagsüber gelang mir es mir inzwischen, meinen Kummer zu vergessen, die Arbeit lenkte mich ab. Doch am Wochenende und in den heller werdenden Nächten fragte ich mich immer wieder, was in meinem Leben falsch gelaufen war. War es mein eigener Fehler, der mich allein und traurig sein ließ? Wo hatte ich versagt? Wann hätte ich anders entscheiden sollen?

Ich fühlte nur noch Leere um mich herum, kapselte mich immer weiter ab, wollte am liebsten niemanden sehen. Meine Seele, die nirgendwo Antworten auf all die ungelösten Fragen fand, verlor sich in Dunkelheit und Kälte. Es war, als habe sie sich mit einem Panzer aus Eis umgeben, um nur ja keinen Schmerz mehr spüren zu müssen. Einsamkeit legte sich wie eine dunkle Decke über mich und drohte, mich zu ersticken. Nur kurz tröstete mich die Beschäftigung im Garten. Es war nicht mehr wie früher, als ich mich beinahe über jeden Grashalm freute, der im Frühling aus der Erde spross. Unendliche Müdigkeit überkam mich, ich schloss die Augen.

Eines Nachts, ich lag wieder einmal stundenlang wach, obwohl ich mich todmüde fühlte, warf ich mir den Bademantel über und ging hinaus in den Garten. Meine Schritte führten mich, ohne dass es mir bewusst wurde, zu Leos Grab. Lange stand ich dort, einsam, regungslos, nur der zarte Duft der Holunderblüten wehte zu mir her. Da, auf einmal spürte ich, wie etwas in mir sich löste. Es war, als stünde neben mir ein kleines, vertrautes Fellbündel, als hechele ein Hund, als berühre mich eine Pfote. Konnte es Leo sein, der mir damit sagen wollte, dass ich nicht für immer allein bleiben müsste? Sandte seine Hundeseele mir den Rat, den ich so dringend brauchte?

«Höre endlich auf zu trauern», sagte ich mir und es war, als folgten meine Worte Leos Rat, «es gibt da draußen in der Welt so viele Hunde, die sich so sehr nach einem liebevollen Zuhause sehnen. Es könnte auch einer für mich dabei sein.»

Seltsam getröstet und erleichtert ging ich zurück, legte mich ins Bett und schlief seit Wochen endlich wieder tief und fest.

Am nächsten Morgen schaute ich in der Zeitung nach dem Tiermarkt. Vielleicht gab es dort schon den Richtigen, so wie es bei Leo damals gewesen war. Doch es wurden nur Welpen angeboten und ein älterer Rottweilerrüde. Ich lachte ein wenig über mich selbst. Mit Kindererziehung, auch wenn es nur ein Hundekind wäre, würde ich nicht mehr anfangen wollen.

Ein Rottweiler, so sehr ich diese Rasse mochte, kam nicht in Frage. Ich musste den Hund halten und führen können und für einen Rotti reichten meine Kräfte bei weitem nicht aus.

Tagelang sah ich jeden Tag in die Zeitung, immer in der Hoffnung, auf eine Annonce zu stoßen, die mir einen Hund präsentierte, der zu mir passen könnte. Jedes Mal legte ich das Tageblatt enttäuscht zur Seite.

«Schau doch mal im Tierheim nach», meinte verständnisvoll eine Kollegin, der ich mein Leid klagte «da hocken viele Hunde herum, dort wirst du sicher einen finden, der zu dir passt.»

Sie könnte recht haben, überlegte ich. Mit frisch erwachten Lebensmut begab ich mich am folgenden Wochenende auf die Rundreise zu den Tierheimen in der Nähe. Ich staunte über mich. Allein der Gedanke, dass bald wieder ein Hund an meiner Seite wäre, hatte viel von meiner Traurigkeit verscheucht. Ich ertappte mich sogar dabei, dass ich ein Lied vor mich hin trällerte, dass aus dem Autoradio erklang, als ich zum ersten Tierheim unterwegs war.

Eine freundliche Mitarbeiterin begleitete mich auf meinem Rundgang, lautes Gebell schallte mir aus den Käfigen entgegen. Es hörte sich oft fordernd an, manchmal wütend, meistens verzweifelt, aber immer auf sich aufmerksam machend. Die Hunde warfen sich gegen die Gitter, sie waren groß, laut und passten so gar nicht zu dem, was ich mir als neuen Begleiter vorgestellt hatte.

«Die Kleinen sind immer schnell weg», meinte die junge Frau, die mir die Hunde zeigte, «die großen Hunde haben es schwer, die will keiner. Hunde, die schon älter sind, haben gar keine Chance. Alle wollen immer nur niedliche kleine Welpen oder solche, die so aussehen. Möchten Sie sich es nicht doch noch überlegen? Meine Schützlinge sind nicht alle so laut und aggressiv, wie sie jetzt tun.»

Bedauernd musste ich ihr sagen, dass es nur ein kleinerer Hund sein dürfe. Ich müsse ihn festhalten können und die Kosten für die Ernährung spielten auch eine Rolle.

«Sehen Sie», versuchte ich ihr zu verdeutlichen, welche Art Hund ich mir vorstellte, «ich würde auf der Stelle einen dieser irischen Wolfshunde mitnehmen, ich mag diese sanften Riesen. Aber leider frisst mir so einer die Haare vom Kopf.»

Enttäuscht verließ ich das Tierheim, hoffte, im nächsten den zu mir passenden Gefährten zu finden. In Gedanken malte ich mir auf der Fahrt aus, wie er sein sollte.

«Ich stelle mir einen kleinen Terrier vor, einen Fox oder Welsh oder Ähnliches», das sagte ich auch der Chefin des Tierheimes, das ich als Nächstes aufsuchte.

«Da muss ich Sie enttäuschen», meinte die Dame etwas spitz, «eine Wunschliste können wir nicht bedienen. Warum nehmen Sie nicht einen von den Mischlingen, die wir hier untergebracht haben.»

Wir machten gemeinsam einen Rundgang, bei dem wir immer wieder vor einem der Zwinger Halt machten und die Hunde, die dort lebten, begutachteten. Sie taten mir alle leid und ich würde sie gern alle mitgenommen haben. Aber ich spürte deutlich, es war nicht der Richtige dabei. Auch wenn die Hundeaugen noch so flehentlich auf mich gerichtet wurden, mein Herz schlug bei keinem der Tiere auch nur ein kleines bisschen höher. Im nächsten Heim, das ich dann besuchte, sagte ich mein Sprüchlein gleich auf und wurde mit einem freudigen Lächeln belohnt.

«Na, dann kommen Sie mal mit, so was haben wir gerade herein bekommen!»

Gespannt folgte ich dem Tierpfleger, der zielstrebig zu einem Gehege ging, in dem sich Hunde jeder Größe aufhielten.

«Sehen Sie, das ist er», der junge Mann deutete auf einen Jack-Russell-Terrier, der sich wild im Kreis drehte und kläffte.

Mir stand die Enttäuschung wohl ins Gesicht geschrieben, als ich mich umdrehte und wortlos davonging. Sie taten mir beide leid, der Hund und der Tierpfleger, der mir noch versicherte, dass der Kleine sonst ein ganz Ruhiger sei. Ich winkte ab, meine Erfahrungen mit dieser Sorte Terrier genügten mir, um zu wissen, dass es Dauerkläffer sein konnten. Zu unruhig, zu quirlig und viel zu laut für jemand so Lärmempfindliches wie mich.

Auf der Rückfahrt war mir das Singen vergangen und mein Optimismus hatte einen gehörigen Dämpfer erhalten. Doch noch gab ich nicht auf. Mir fiel meine Tierärztin ein, zu der ich jahrelang ein gutes Verhältnis und vor allem viel Vertrauen hatte. Ich rief sie an, schilderte ihr meine Situation und bat sie, an mich zu denken, wenn ihr ein Hund unterkäme, der ein neues Zuhause brauche, sei es, dass er nicht mehr erwünscht sei oder seine Besitzer verstorben waren. Ich sah ihr Lächeln förmlich vor mir, mit dem sie mir antworten würde.

«Das dachte ich mir schon, dass Sie es nicht auf die Dauer ohne Hund aushalten können. Ich werde an Sie denken, wenn ich etwas Entsprechendes höre.»

Es wurde ein wenig heller und wärmer um mich herum, im Garten kam ich auf freundlichere Gedanken und stellte fest, dass ich nicht ganz so allein war, wie ich geglaubt hatte. In dem winzigen Gartenteich rührte sich etwas, als ich dem Unkraut, dass sich drum herum breitgemacht hatte, zu Leibe rückte. Ein leises «Platsch» ließ mich innehalten. Ich rührte mich nicht, sah genauer hin, was da im Teich los war. Und richtig, es dauerte nicht lange, da schaute ein kleiner dreieckiger Kopf aus dem Wasser, zwei runde, goldene Augen blickten mich an.

«Das ist doch ein Frosch, nein eher ein Fröschlein, kaum größer als ein Streichholz. Wie schön», dachte ich und bewegte mich nicht. Da sah zwischen den Seerosenblättern ein zweiter Frosch hervor. Ich staunte und verhielt mich ganz ruhig, auch wenn mir ein Bein langsam einschlief. Nach einer Weile zählte ich sieben kleine Froschgesichter, die neugierig in meine Richtung starrten. Dann musste ich aufstehen, weil mein Bein furchtbar kribbelte. «Platsch», waren sie wieder verschwunden.

«Es gibt Lebewesen in meiner Nähe», dachte ich glücklich, «die sich für mich interessieren. Ich bin nicht allein!»

Von da an gewöhnte ich mir an, wann immer ich im Garten war, mit den Fröschlein zu reden, und ich bildete mir bald ein, dass sie zutraulicher wurden. Meine Nachbarin lachte, als ich ihr von den Fröschlein berichtete und konnte mich darüber aufklären, wie die in meinem Teich gelandet waren.

«Meine Tochter hat Kaulquappen in unserem Wasserfass, das an der Terrasse steht, ausgesetzt. Dort müssen die Jungfrösche wohl herausgehüpft sein und konnten nicht mehr zurück. Dein kleiner Teich war anscheinend das Nächste, das sie erreichen konnten. Na, dann viel Spaß mit den Fröschlein!»

Sie lachte, als sie zurück in ihr Haus ging. So sehr ich mich über die Fröschlein freute, ein Ersatz für den Hund, den ich mir wünschte, konnten sie nicht sein. Die Nähe, die Wärme, die ich mit Leo erleben durfte, war durch nichts zu ersetzen. Wieder schlug eine unendliche Traurigkeit über mir zusammen, verdunkelte mir die sonnendurchfluteten Frühlingstage. Nur mit Mühe stellte ich mich den Anforderungen des täglichen Lebens. Ich wusste gut, das konnte, das durfte so nicht weitergehen. Jetzt begann ich über die Grenzen unseres Kreises hinaus nach einem Hund zu suchen, klapperte das Internet ab und suchte nach entsprechenden Angeboten.

Es war an einem Sonntagmorgen, als ich auf ein Inserat stieß, das einen Welsh-Terrier anbot. Auf dem Foto sah er beinahe so aus, wie mein Leo und ich las weiter. Er lebte in der Nähe von Berlin und sollte abgegeben werden, weil sein Besitzer ins Ausland versetzt wurde, wohin er den Hund nicht mitnehmen durfte. Knapp zwei Jahre alt war der Kleine und ich entschloss mich auf der Stelle, nach Berlin zu fahren und ihn abzuholen. Vergeblich suchte ich nach einer Telefonnummer in dem Inserat, es gab nur ein Chiffre. Ich schrieb also und wartete ungeduldig auf Antwort. Drei unendlich lange Tage verstrichen, da klingelte das Telefon und eine sympathische Männerstimme teilte mir bedauernd mit, dass der Hund längst vergeben sei. Die Internetseite habe die Anzeige aus Versehen nicht gelöscht.

Traurig und irgendwie auch ein wenig wütend fuhr ich an den Strand, setzte mich in den Sand und lauschte der monotonen Melodie der Wellen, die mich sanft einlullte. Als ich spürte, dass sich eine feuchte Hundenase in meine Hand schmiegte, dachte ich, dass ich mir das einbildete, wie so oft, seit es Leo nicht mehr in meinem Leben gab und ich glaubte, das Trappeln seiner Pfoten zu hören. Doch diese Nase stupste intensiv, ließ eine kleine Schnauze folgen und als ich endlich hinsah, erkannte ich Fiete, den bunt gescheckten Mischling von Sonnhild, die in meiner Nähe wohnte.

«Hallo, suchst du auch ein bisschen Ruhe?»

Sonnhild, eine große, gut aussehende Blondine, ließ sich neben mir nieder, gemeinsam lauschten wir dem Geplätscher der Wellen. Auch Sonnhild verlor erst vor kurzem ihre Hündin, Fietes Mutter und sie trauerte um die zarte kleine Mira ebenso sehr, wie ich um Leo.

«Ich mache mir Sorgen um Fiete», sagte sie nach einer Weile, «er ist apathisch geworden, frisst wenig und liegt einfach nur herum. Kann es sein, dass er seine Mutter vermisst?»

«Ich denke schon. Fiete war doch nie allein, lebte nie als Einzelhund. Immer war Mira um ihn herum. Dass ihm ein zweiter Hund fehlt, kann ich mir gut vorstellen», gab ich zur Antwort und kraulte dem Kleinen sanft die Ohren.

Sonnhild und ich, wir liefen mit Fiete noch ein Stück am Strand entlang, redeten uns den Kummer von der Seele. Wir versprachen, in Verbindung zu bleiben, falls das Wunder geschähe, und der jeweils richtige Hund in unserem Leben auftauchen sollte...

6. Kapitel

Sommer 2015, immer noch in Ungarn

Die Aufregung, die im Tierheim herrschte, merkte Göndi schon, als er an diesem Sommermorgen die Augen öffnete. Etwas war anders, etwas ganz Besonderes würde heute geschehen, da war er sicher, das spürte er. Der Schäferhund Mirko, der Älteste der Hunde, die in den Freilauf durften, machte gestern schon solche merkwürdigen Andeutungen. Weil Göndi, seit er fotografiert worden war, immer öfter in den Freilauf durfte, hörte er so manches, dass den Zwingerhunden nicht bekannt war. Dass regelmäßig Menschen kamen, in einem großen Auto, das hatte er schon längst bemerkt. Auch, dass einige der Hunde fehlten, wenn sie mit dem Auto wieder davonfuhren, war ihm nicht unbekannt. Was aber mit ihnen geschah, das wusste er nicht.

Gestern meinte Mirko, so ganz nebenbei, dass mal wieder ein paar Kumpels ihr Köfferchen packen durften. Dabei sah ein ein wenig neidisch aus. Als Göndi nachfragte, was das bedeuten solle, brummte Mirko ärgerlich, ließ sich dann aber doch zu einer Antwort herab.

«Du bist vielleicht dumm. Die von uns, die in das große Auto steigen, fahren weit weg, dorthin, wo sie ein neues Zuhause erwartet. Liebe Menschen warten auf sie, die sich genau diese Hunde ausgesucht haben. Auf mich wartet niemand und keiner will mich haben, weil ich schon so alt bin. Alte Hunde sind nur eine Last, sagte mal einer von den Fremden. Alle gehen immer ganz schnell an meinem Zwinger vorbei. Mich zu vermitteln lohne sich nicht mehr, sagen sie.»

Mirko hörte sich so verbittert und enttäuscht an, dass Göndi nicht weiterfragen mochte. Heute also sollten wieder Menschen kommen und die Glücklichen, die ausgesucht worden waren, mit sich fortnehmen.

«Ob ich auch dabei bin?» Göndi wusste nicht, wie er das erfahren sollte. So stellte er sich dicht an die Gittertür seines Zwingers und wartete. Nicht lange und es kamen Menschen an, die er im Tierheim noch nie gesehen hatte. Oli und Boli rannten aufgeregt herbei und fingen an, wie wild zu bellen.

«Warum macht ihr das?»

«Weil wir so die Menschen am besten auf uns aufmerksam machen können. Bell doch einfach mit, damit sie dich nicht schon wieder übersehen.»

Göndi erinnerte sich dunkel daran, dass er sich beim letzten Besuch der Menschen in der Hütte verkrochen hatte, weil ihm deren Nähe Angst machte. War er aus diesem Grund immer noch hier? Das konnte er ändern. Schnell drängte er sich zwischen Oli und Boli und bellte, was seine Hundekehle hergab.

Die Menschen näherten sich dem Zwinger, einer hatte ein Blatt Papier in der Hand, aus dem er vorlas.

«Hier, die beiden Schwarzen, das sind Oli und Boli, sie sind Brüder, Schnauzermischlinge, die wir möglichst gemeinsam vermitteln sollten.»

Er nickte einer älteren Frau zu, die sich die zwei Hunde näher anschaute.

«Meine Güte, was machen die für einen Lärm», beschwerte sie sich, «sind die immer so laut? Dann werde ich sie nicht vermitteln können. Solche Kläffer mögen meine Kunden mit Sicherheit nicht!»

«Aber der hier, der Helle, er heißt Göndi, der ist sonst ganz ruhig», versuchte die Tierheimleiterin noch zu erklären, doch die Fremden waren schon weitergegangen, ohne Göndi noch weitere Beachtung zu schenken. Müde, erschöpft vom sinnlosen Gebell trottete er enttäuscht zurück in die Hütte. Das Bellen war also auch falsch gewesen.

Heute kamen erneut fremde Menschen ins Tierheim, um sich Hunde auszusuchen, und dieses Mal wollte er alles richtig machen. Sollten Oli und Boli doch kläffen. Er würde sich zurückhalten und zeigen was für ein braver Hund er sein konnte. Da kam schon der Trupp um die Ecke und schritt auf Göndis Zwinger zu.

«Hier ist Göndi», die Leiterin deutete auf ihn und sein Herz schlug heftig vor Aufregung. Endlich beachtete man ihn.

«Ja», sagte eine Frau mit freundlicher Stimme, «der steht hier auf meiner Liste. Er ist schon recht lange hier und immer noch nicht vermittelt. Dabei ist es doch eigentlich ein hübsches Kerlchen.»

Sie sah auf das Papier in ihren Händen, schaute sich Göndi genauer an und schüttelte dann den Kopf.

«Komisch, er sieht in Wirklichkeit viel besser aus, als auf den Fotos. Da fand ich ihn eher etwas langweilig, nichtssagend.

Doch jetzt sehe ich, was er für wunderschöne Augen er hat und wie lieb er ausschaut. Wir sollten dringend neue Fotos und ein Video machen.»

Göndi hatte atemlos gelauscht. Entschied sich jetzt endlich sein Schicksal? Wäre er dabei, wenn es daran ging, in das große Auto zu steigen?

Doch die fremden Menschen gingen schon wieder weiter, zum nächsten Zwinger. Nur einer blieb stehen und Göndi traute seinen Augen nicht. War das nicht sein Mensch, sein Zoltan? Er hatte die gleichen grauen Wuschelhaare, dieselbe rundliche Figur. Konnte es wahr sein? Hatte er ihn endlich gefunden? Göndis Hundeherz raste vor Aufregung. Durfte er nun endlich nach Hause?

Da kam der Mann näher, bückte sich zu Göndi und der wusste sofort, das war nicht Zoltan. Er roch ganz anders und seine Stimme hörte sich auch nicht an wie die seines Menschen, als er durch das Gitter griff, Göndi streichelte und sagte:

«Ich würde dich ja gern mitnehmen, aber ich habe schon drei Hunde zu Hause. Mehr geht leider nicht. Alles Gute für dich, ich drücke dir die Daumen, mein Kleiner.»

Dann eilte er schell hinter der Gruppe her und ließ Göndi wieder einmal enttäuscht und mutlos zurück.

An diesem Tag ließ Göndi sein Futter stehen, die Schnauzer stürzten sich gierig darauf. Der erneute Dämpfer war zu viel für ihn, er verlor alle Hoffnung, dass Zoltan ihn jemals finden würde. Er würde, glaubte er, so wie Mirko, für den Rest seines Hundelebens hier im Zwinger bleiben und niemals erfahren, wie es war, Teil einer neuen, glücklichen Familie zu werden.

Zu allem Unglück fing es auch noch an zu regnen. Göndi seufzte tief, rollte sich auf der klammen Decke in der hintersten Ecke seines Zwingers zusammen, spürte Kälte und Nässe nicht mehr, vergaß´das Tierheim und das Elend um ihn herum und träumte mit zuckenden Pfoten davon, wie es war, als er mit seinem Menschen Zoltan die große weite Welt kennenlernen durfte...

Wieder hörte er perlendes Klavierspiel. Manche Passagen wiederholte Zoltan immer wieder, bis er zufrieden mit seinem Spiel war. Dann lachte er und fragte Göndi, wie es ihm gefallen habe.

«Ach, mein Kleiner, wie könntest du etwas von Beethoven verstehen und von seinem Klavierkonzert Nr. 5, das ich hier gerade einübe. Wenn du mich mit deinen seelenvollen Augen anschaust, dann vergesse ich manchmal, dass du nur ein Hund bist. Was heißt, «nur» ein Hund? Ich glaube, du verstehst mich besser als mancher Mensch. Wenn du mir nur helfen könntest, diese vertrackte Stelle endlich richtig hinzubekommen. Leider hast du nur Pfoten und keine Finger... aber du hörst mir zu, und nur das ist wichtig. Also, noch einmal von vorne...!»

Zoltan wandte sich wieder dem Klavier zu und Göndi, der sehr wohl verstanden hatte, was sein Mensch mit den Worten ausdrücken wollte, spürte, wie ein Glücksgefühl ihn überflutete, lag ganz still und lauschte dem, was Zoltan dem Instrument an Tönen entlockte.

Mitunter hatte der Mann ein Papier und einen Stift neben sich liegen, schlug ein paar Töne an, schrieb etwas auf und spielte weiter, schrieb auf und entlockte dem Klavier neue Töne.

Das verstand Göndi gar nicht. Er wäre lieber mit dem Mann in den Garten gelaufen und hätte dort einen Schmetterling gejagt oder die frechen Spatzen vertrieben, die immer aus seinem Wassernapf tranken. Wie schön war es, in der Sonne zu liegen und einfach in der wohligen Wärme zu dösen...

Da bellten Oli und Boli plötzlich los und Göndi wachte hungrig und frierend auf... der schöne Zauber verflog... von der rauen Wirklichkeit verscheucht...

7. Kapitel

Sommer 2015, irgendwo in Schleswig-Holstein

Nach meiner vergeblichen Suche in den Tierheimen der nahen Umgebung konzentrierte ich mich wieder auf meine Arbeit, in der Hoffnung, dass die Sehnsucht nach einem neuen Hund dadurch etwas in den Hintergrund rücken würde. Es gelang mir nur teilweise. Immer wieder ertappte ich mich dabei, wie ich an den Wochenenden im Internet nachschaute, ob nicht doch irgendwo ein Hund auf mich warten würde.

Aber es schien wie verhext, entweder waren es winzigkleine Rassehunde oder Welpen, die dort angeboten wurden, und beides wollte ich nicht. Mir schwirrte immer noch die Vorstellung eines neuen Ferry oder Leo im Kopf herum. Auf jeden Fall sollte es wieder ein Terrier sein, in der Größe wie ein Fox oder Welsh. Das war mein einziger Wunsch, doch er schien unerfüllbar.

Der Sommer schritt voran, verwöhnte uns mit viel Sonne, doch der Garten hatte für mich seinen Reiz verloren. Selbst die netten Fröschlein, denen ich bei ihrem Erwachsenwerden hatte zuschauen dürfen, wanderten davon. Sie suchten sich einen größeren Teich und wollten wohl zum Ort ihrer Entstehung zurück. Mich zog es immer wieder zu Leos Grab, zum einsamen Zwiegespräch mit ihm.

An einem heißen Sommertag rief Sonnhild mich an. Ich hatte sie länger nicht gesehen und beinahe vergessen, dass auch sie einen geliebten Hund verloren hatte. Als es mir bewusst wurde, schämte ich mich sehr für meine Nachlässigkeit und meinen Egoismus. Ihre Stimme hörte sich überraschend fröhlich an.

«Suchst du immer noch nach einem Hund für dich? Hast du Zeit? Dann komm doch einfach mit», tönte Sonnhilds Stimme munter aus dem Hörer, «ich habe eine Adresse gefunden, es ist irgendwo in der Nähe von Rendsburg. Dort sollen Hunde aus dem Ausland vermittelt werden. Vielleicht findest du ja da, was du suchst! Na, was ist?»

«In fünf Minuten bin ich fertig», rief ich in den Hörer, ohne auch nur eine einzige Sekunde zu zögern. Warum sollte ich noch lange überlegen? Ich schlüpfte in die Sandalen, schnappte meine Handtasche und zog die Haustür rasch hinter mir zu. Von draußen tönte bereits laut und fordernd die Hupe von Sonnhilds Auto zu mir herüber. Fiete begrüßte mich mit einem nassen Schlaps über die Hand, als ich einstieg und Sonnhild mit einem eher ungeduldigen Händeschütteln.

Unterwegs erklärte sie mir, wohin die Fahrt gehe und was uns dort erwarten würde. Ich teilte ihr meine Bedenken mit. Bislang hatte ich immer die Meinung vertreten, dass wir nicht unbedingt so viele ausländische Hunde nach Deutschland holen müssten.

«Es gibt doch hier genug arme, ausgesetzte oder verlassene Tiere, die unsere Hilfe brauchen», gab ich meine Überzeugung preis.

«Ach ne», Sonnhild lachte, «und wo ist eines von diesen armen Hundchen? Hast du nicht erzählt, du hättest in all den Tierheimen nichts Passendes finden können?»

Im Stillen gab ich ihr recht. Bei meiner Suche im Internet war ich auf viele traurige Hundeschicksale gestoßen und hatte meine Meinung ein wenig revidiert. Vor allem in den südlichen Ländern schienen die Menschen eine völlig andere Art von Verhältnis zu ihren Tieren zu haben. Sie sahen sie als Nutzvieh an, als Arbeitstiere oder einfach als Fleischlieferant. Das typisch deutsche Verhalten, Hunde und Katzen vor allem als Kindersatz und Kuscheltier zu behandeln, gab es dort kaum. Was war nun daran gut oder schlecht?

Wider Erwarten genoss ich die Fahrt durch die sommerliche Landschaft. Erntewagen zwangen uns zu gemächlicherem Tempo, es störte mich nicht. Endlich kreisten meine Gedanken einmal nicht um Leo und mein einsames Zuhause. Sonnhild unterhielt mich mit lustigen Anekdoten aus ihrem Arbeitsleben und ich ertappte mich dabei, das ich sogar laut lachte. Wann hatte ich das zum letzten Mal getan, fragte ich mich beschämt. Wie konnte ich mich nur so tief in meinen Schmerz vergraben und das Leben an mir vorüberziehen lassen.

Endlich näherten wir uns dem Ziel und mein Herz klopfte auf einmal heftig. Würde ich gleich meinem neuen Hundegefährten gegenüberstehen?

«Was meinst du» fragte Sonnhild in meine Gedanken hinein, «wird hier der richtige Hund auf uns warten?»

Sie trieb wohl der gleiche Gedanke um, wie mich, aber ich kam nicht mehr zum Antworten, denn wir hielten bereits vor einem Einfamilienhaus, das etwas abseits der Straße still im mittäglichen Sonnenschein lag. Mir erschien es zu ruhig. Etwas stimmte hier nicht, sagte mir eine innere Stimme, ich stieg aber aus und ging mit Sonnhild die wenigen Schritte zum Haus. Eine rundliche Mittdreißigerin öffnete die Tür, noch ehe wir klingeln konnten.

Sie hatte uns offensichtlich erwartet und bat uns hinein. Im Haus war es kühl, die Zimmer abgedunkelt. Die Frau dirigierte uns in die Küche und bot uns etwas zu Trinken an. Wir setzten uns an den Küchentisch, tranken das kühle Wasser und hörten gespannt zu, was die Frau zu berichten hatte.

«Ich betreue im Moment hier fünf Hunde, aus Rumänien, Spanien und Portugal. Da ist sicher einer für Sie darunter!»

Noch immer machte sie keine Anstalten, mit uns zum Hundezwinger zu gehen. Das kam mir noch seltsamer vor, und auch etwas anderes fiel mir auf, selbst hier in der Küche gab es keinen Hund. Sonnhild sah ebenfalls skeptisch aus. Die Frau plapperte weiter, erging sich darin, wie viel Arbeit die Hunde machten und wie verängstigt manche wären, wenn sie zu ihr gebracht würden.

«Aber», so verbesserte sie sich schnell, «die beiden, die ich Ihnen vorstellen möchte, haben sich schon ganz gut eingelebt und sind sehr lieb.»

Immer noch war es ganz still. Immer noch hörte ich kein Gebell, kein Trappeln von Hundepfoten, kein Fressnapf stand herum. Nichts deutete darauf hin, dass es hier Hunde geben sollte. Nachdem die Frau uns darüber ausgefragt hatte, was für eine Art Hund wir uns eigentlich wünschten, ging sie aus der

Küche in einen anderen Raum, aus dem schlagartig lautstarkes Hundegebell ertönte.

«Ruhe, verdammt, seid ihr wohl still», schrie die Frau, mit sich überschlagender Stimme und warf offensichtlich etwas Schweres durch den Raum. Es polterte laut und auf der Stelle erstarb das hysterische Gebell.

Meine Freundin und ich, wir schauten uns an und dachten wohl beide das Gleiche. Hier, bei dieser Frau, waren die Hunde offensichtlich nicht gut untergebracht.

Im selben Moment kam die Frau zurück, ein cremefarbenes zartes Hündchen auf dem Arm und neben sich einen mittelgroßen Hund, der stark einem Fuchs ähnelte.

«Entschuldigen Sie bitte», versuchte sie eine Erklärung, für das laute Gebell, «aber ich muss die Hunde im Augenblick im Wohnzimmer halten. Draußen, im Zwinger ist es viel zu warm und neulich ist einer ausgebüxt, einfach durch ein Loch im Zaun. Wir haben ihn noch nicht wiedergefunden. Und das Loch muss ich auch noch reparieren.»

Wieder sahen Sonnhild und ich uns an. Doch bevor wir etwas sagen konnten, überschüttete uns die Frau mit tausend Erklärungen. Die Tiere würden von mitleidigen Menschen aus dem Ausland mitgenommen und dann zu ihr gebracht. Ihre Aufgabe wäre es dann, sie hier in Deutschland zu vermitteln. Meistens wären es wilde Straßenhunde, die sie erst aufpäppeln, ihnen die wichtigsten Grundbegriffe des Zusammenlebens mit Menschen beibringen und von Flöhen und anderem Ungeziefer befreien müsse. Das sei nicht immer einfach, mache ihr eine Menge Arbeit und deshalb müsse sie auch unbedingt auf der

Vermittlungsgebühr bestehen, schloss sie ihre Tirade, der ich kaum zugehört hatte, weil ich das Füchslein beobachtete, das ganz still zu meinen Füßen hockte und mich aus fragenden Augen ansah.

Ich fragte nach der Vorgeschichte dieses Hundes und erhielt zur Antwort, dass der Hund ein siebenjähriges Weibchen aus Rumänien sei, also nicht unbedingt das, was ich mir vorgestellt hatte. Füchslein, so nannte ich sie in Gedanken, tat mir leid. Sie schien lieb und recht anhänglich zu sein, saß ganz ruhig neben mir und genoss sichtlich mein behutsames Streicheln.

Ich schaute zu Sonnhild hinüber, der die Frau den anderen Hund einfach in die Arme gelegt hatte. Fiete, der uns ins Haus gefolgt war, sah das zarte kleine Tier mit schiefgelegtem Kopf an, beschnupperte es und wandte sich dann ab. Das war für meine Freundin das Signal, der Frau das kleine Hündchen zurückzugeben. Sie sah zu mir herüber und ich schüttelte den Kopf. Es war das ausgemachte Zeichen für Sonnhild. Sie stand auf und wandte sich zum Gehen. Ich bedauerte die ganze Sache ein wenig, weil mir das Füchslein leid tat und anstandshalber entschuldigte ich mich bei der Frau.

«Seien Sie uns nicht böse, aber die Chemie stimmt einfach nicht. Die Hunde mögen ja nett und lieb sein, sind aber bei weitem nicht das, was wir uns vorgestellt haben. Vielen Dank, dass sie uns Ihre Zeit geopfert haben.»

Weit davon entfernt, uns so einfach gehen zu lassen, redete die Frau auf nun wie mit Engelszungen auf uns ein, meinte, wir sollten es doch wenigstens versuchen. Ganz bestimmt würden wir die Hunde sehr schnell liebgewinnen, etwas Besseres bekämen wir so schnell nicht wieder. Offensichtlich wollte sie diese Hunde loswerden. Auf unsere Frage, ob sie etwas Passenderes anzubieten habe, verneinte sie, kam aber sofort wieder auf das Füchslein und die Kleine zurück, die ein gutes Zuhause doch so sehr verdient hätten.

Wir ließen uns von ihrem Getue nicht einwickeln. Bedauernd strich ich dem Füchslein noch einmal über den schmalen Kopf und wünschte ihr mit schlechtem Gewissen viel Glück und eine liebevolle Familie, dann verließen wir das Haus.

Auf der Heimfahrt schwiegen Sonnhild und ich eine Weile, dann bestätigten wir uns gegenseitig das Gefühl, dass die Hunde bei dieser Frau nicht gut aufgehoben waren und spielten kurz mit dem Gedanken, den Tierschutz darüber in Kenntnis zu setzen. Ich war dagegen, denn es stand zu befürchten, dass dann alle Hunde im Tierheim landeten und künftige Transporte aus dem Ausland in noch schlimmere Verhältnissen kämen. Fiete schien meiner Meinung zu sein, er rollte sich auf seiner Decke zusammen und schlief, bis wir wieder zu Hause waren.

In den folgenden Tagen fragte ich mich immer wieder, ob ich Füchslein nicht doch hätte mitnehmen sollen, sie hatte mir leid getan. Und jedes Mal sagte mir mein Gefühl, dass ich richtig gehandelt hatte. Mitleid allein genügt nun einmal nicht für eine glückliche Beziehung. Ich ahnte, dass eines Tages mir der richtige Hund über den Weg laufen würde. Vielleicht war meine Seele einfach noch nicht soweit, mich einem neuen Gefährten öffnen zu können.

Dann wurde es wieder still um mich. Was blieb mir anderes übrig, als mich mit meiner Arbeit abzulenken und zu hoffen, dass alles eines Tages wieder gut sein würde.

8. Kapitel

Sommer 2015, im Tierheim in Ungarn

Drückende Schwüle herrschte im Zwinger. Göndi ahnte, dass es ein Gewitter geben würde und wollte sich in die Sicherheit der Hütte zurückziehen. Dort hockten aber schon Oli und Boli und verwehrten ihm knurrend den Eintritt. Göndi, dem der immer näher kommende Donner mehr Angst machte als das Geknurre der beiden Schnauzer, versuchte, sich an den beiden vorbei zu drücken. Doch Boli, der Größere, schnappte nach ihm und auch Oli zeigte ihm die Zähne. Mit eingekniffenem Schwanz trollte Göndi sich und suchte hinter der Hütte ein wenig Schutz.

Blitz auf Blitz zuckte über den dunklen Himmel und der Donner grollte unaufhörlich. Dann kam der Regen, wie aus Eimern schüttete es und Göndi war im Nu bis auf die Haut durchnässt. Aufzustehen und sich die schlimmste Nässe aus dem Fell zu schütteln, das wagte er nicht. Er machte sich ganz klein, rollte sich zusammen und kniff die Augen fest zu.

Dann träumte er sich zurück, zu seinem Menschen, der ihn bei Gewittern immer beruhigt und ihm auch dann Sicherheit vermittelt hatte, wenn sich die Stimmung im Haus und zwischen den Eheleuten zum Schlechten hin änderte. Zunächst fiel es Göndi nicht auf, aber dann vernahm er, wie sich die Musik, die Zoltan auf dem Klavier machte, unmerklich wandelte, härter wurde, aggressiver.

Vorbei schienen die sanft dahin perlenden Töne. Was sein Mensch nun an Musik erzeugte, war reiner Zorn, unverhüllte Wut, die er auf den Tasten des Klaviers abreagierte. Göndis feines Gehör bekam mit, wie auch die Stimmlage der Frau anders wurde. Noch schriller, noch spitzer, verletzender, war sie selbst durch die geschlossene Tür zu hören.

Anfänglich versuchte Zoltans dunkler Bass zu beschwichtigen, doch es schien vergeblich. Bald antwortete er nicht mehr, wenn die Frau wieder einmal herum keifte. Er setzte sich grimmig ans Klavier und versuchte, die bösartige Stimme zu übertönen. Es gelang ihm nur selten. Mit einem lauten Schlag knallte er dann den Klavierdeckel auf die Tasten.

Göndi schrak zusammen. Der letzte laute Donner war direkt über ihm. Am ganzen Körper zitternd kam er in die Wirklichkeit zurück. Ein Lichtschein erfasste ihn und die Tierheimleiterin hockte sich neben ihn, leuchtete mit ihrer Taschenlampe über ihn hinweg.

«Sag mal, mein Göndi, du bist ja ganz nass. Komm mit, wir trocknen dich erst einmal ab.»

Vorsichtig sah Göndi sich um. Oli und Boli streckten neugierig ihre Nasen aus der Hütte. Die Leiterin lachte.

«Ab, zurück mit euch. Ihr bleibt hier. Komm Göndi, wir gehen in die Krankenstation, da ist es warm und trocken.»

Das ließ er sich nicht zweimal sagen, im Vorbeigehen an der Hütte schüttelte er sich kräftig und sah schadenfroh, dass die beiden Schnauzer eine ordentliche Portion Wasser abbekamen. Dann schritt er mit hocherhobenem Kopf mit der Tierheimleiterin davon.

Ein warmer Raum und ein Handtuch erwarteten ihn in der Krankenstation. Liebevoll wurde er abgerubbelt und vor einem seltsamen Gerät, aus dem heiße Luft kam, durfte er es sich auf einer Decke gemütlich machen. Bald war sein Fell getrocknet, er fror nicht mehr und müde schlief er ein.

Wieder träumte er von Zoltan, wieder saß sein allerliebster Mensch am Klavier und entlockte dem Instrument laute, dunkel dröhnende Geräusche. Wollte er das überdecken, was in den anderen Räumen des Hauses vor sich ging? Es polterte und klirrte, mittendrin hörte Göndi die Stimme der Frau, deren laute Absätze hektisch über den Fußboden klapperten. Dann klopfte es, die Tür öffnete sich einen Spalt und ein Schlüssel flog in den Raum, von einer schmalen Frauenhand geworfen.

«Das war es dann!»

Ihre schrille Stimme warf diese Worte hinter dem Schlüssel her, dann knallte die Haustür zu. Das Zuschlagen der Autotür und das Geräusch des sich schnell entfernenden Wagens, sollten das vorerst Letzte sein, das Göndi von der Frau hörte.

Wie erstarrt saß Zoltan immer noch am Klavier, die Hände still auf den Tasten. Dann hob er sie und drehte sich langsam zu Göndi um, der zitternd neben ihm saß und nicht wusste, wie er sich verhalten sollte.

«He, mein Kleiner, mein Göndi, endlich», Zoltan lachte, lachte dröhnend, bis sein Lachen in erstickte Schluchzer überging, «die sind wir los, ein für alle Mal. Und jetzt machen wir einen drauf, versprochen!»

Göndi wusste nicht, was es bedeutet, einen draufzumachen, aber er spürte, wie Zoltans Anspannung wich, die Erleichterung bei seinem Menschen, aber auch eine ungute Mischung aus Trauer und Wut, und schmiegte sich an Zoltans Beine.

«Komm, mein Kleiner, wir gehen in die Küche und plündern den Kühlschrank», lachte Zoltan und Göndi trottete hinter ihm her in die Küche, die er bisher nicht betreten durfte.

Der Mann öffnete eine seltsame Tür, aus der es betörend roch. Hungrig leckte der Hund sich das Maul und schon landete ein Würstchen vor seinen Pfoten.

«Jetzt lassen wir es uns aber so richtig gut gehen, was Göndi?»

Zoltan nahm eine Flasche und ein paar andere Dinge aus der Tür und ging zum Klavier zurück. Göndi ergatterte ein weiteres Würstchen und schlang es voller Wonne hinunter. Zoltan hob den Klavierdeckel wieder hoch, setzte mit einer Hand die Flasche an den Mund und mit der anderen hämmerte er eine lustige Melodie auf den Tasten, die in unendlich vielen Variationen den ganzen Abend erklang.

Müde taumelte der Mann später ins Bett, ließ alle Türen offen stehen und Göndi schlich leise hinterher. Als er sicher war, dass sein Mensch tief und fest schlief, hüpfte er aufs Bett und drückte sich ganz nahe an Zoltan, der im Schlaf grunzte und seinen Arm um den Hund legte.

Von diesem Tag an wehte ein anderer, ein fröhlicher Wind im Haus, in dem Zoltan und Göndi nur noch das taten, wozu sie gerade Lust hatten. Tagsüber strolchten sie durch den nahen Park und abends lagen sie nebeneinander im Gras, das die Wärme des Sommertages noch bewahrt hatte, und schauten *gemeinsam in die Sterne. Nur manchmal ließ Zoltan den Hund allein im Haus.*

«Ich muss einkaufen», sagte er dann, «aber ich komme bald wieder, ganz bestimmt!»

Göndi fürchtete sich beim ersten Mal, so ganz allein, doch er lernte sehr schnell, dass Zoltan immer zurückkam und meistens etwas besonders Leckeres mitbrachte. Für Mensch und Hund wollte dieser Sommer anscheinend gar nicht enden. Sie genossen die Freiheit und teilten alles miteinander.

Wohlig wendete Göndi sich dem Sonnenschein zu, spürte eine Hand, die ihn berührte und drehte sich auf den Rücken, um sich von Zoltan den Bauch kraulen zu lassen. Doch die Stimme einer Frau riss ihn aus seinen Träumen.

«Komm mein Kleiner, du kannst nicht hierbleiben. Es ist nur für kranke Hunde Platz hier. Das Gewitter ist vorüber und du musst wieder zurück.»

Unendlich traurig lief Göndi hinter der Leiterin her...in die Hütte, wo Oli und Boli schadenfroh auf ihn warteten...

9. Kapitel

Ende August 2015, Hoffnung an der Ostsee...

Die Zeit drängte, meine Arbeit ließ kaum eine Atempause zu. Zum Glück für mich, denn auf diese Weise kam ich nicht dazu, mir Gedanken um einen neuen Hund zu machen. Doch heute war es mir egal. Ich schaltete den Computer aus und ging in den Garten, zu der Stelle, an der ich vor genau einem Jahr meinen Leo begraben hatte. Die drei kleinen Ableger des Waldmeisters, die ich im Frühjahr eingepflanzt hatte, überwucherten schon einen Teil des Grabes. Sanft strich ich über die Blätter des Holunders, der sich darüber beugte, die Zweige der Haselnuss verflochten sich mit dem Holunder zu einem schützenden Dach.

Gerade wollte ich gehen, da sah ich etwas auf dem großen Stein liegen, der Leos Grab beschützte. Ich bückte mich und hob einen kleinen Zweig mit drei, noch unreifen Haselnüssen auf und musste auf der Stelle an den Kultfilm «Drei Haselnüsse für Aschenbrödel» denken. Ohne lange zu überlegen hielt ich die Nüsse in meiner Hand und wünschte mir das Naheliegendste, einen Hund, der mich ebenso brauchte wie ich ihn.

Als ich wieder in meinem Büro saß, musste ich über mich selbst lachen. An drei Wunschnüsse zu glauben, aus diesem Märchenalter war ich doch nun wirklich schon lange heraus. Tief in mir drin aber, spürte ich eine Ahnung von dem, was bald auf mich zukommen sollte.

Zunächst legte ich die Nüsse auf ein Regal und konzentrierte mich wieder auf meine Arbeit. Die lief mir nicht so zügig von der Hand wie sonst, immer wieder sah ich auf und horchte, ohne zu wissen, warum, worauf und auf wen. Gegen Mittag läutete es an der Tür, Sonnhild stand strahlend davor, einen fröhlich wedelnden Fiete an der Leine.

«Stell dir vor», überfiel sie mich in ihrer überschwänglichen Art, «ich habe meine Hündin gefunden.»

«Komm doch rein, und berichte», bat ich sie und schob den Gedanken an die dringend zu erledigende Arbeit beiseite, «wo ist sie denn, deine Traumhündin und was sagt Fiete zu ihr?»

«Ich hab sie im Internet gefunden», Sonnhild marschierte, ohne lange zu fragen, in mein Büro, «hast du deinen Computer an?»

Ich bejahte und folgte dann ihren Anweisungen.

«Das ist gut, ruf mal diese Seite auf», sie diktierte mir einen Namen, eine lange Internetadresse, «jetzt klicke mal dorthin, wo «Zuhause gesucht» steht. Hier, schau mal, bei Hündin bis 35 cm, findest du sie. Rolle einfach die Seite mit den Fotos runter. Siehst du, das ist sie!»

Stolz deutet meine Freundin auf eine sandfarbene Hündin, etwa in der Größe von Fiete. Sie sah dessen verstorbener Mutter überhaupt nicht ähnlich. Das bemängelte ich gleich.

«Meinst du, dass Fiete sich mit dieser Hündin anfreunden wird? Sollte er nicht erst direkten Kontakt zu ihr haben, ehe du dich entschließt, sie zu euch zu holen? Was ist, wenn die beiden sich nicht vertragen? Was wird dann aus ihr? Kannst du sie wieder zurückgeben?»

Sonnhild war in ihrem überschäumenden Enthusiasmus nicht zu bremsen. Sie hatte sich in das Foto dieser Hündin verliebt und glaubte fest daran, dass schon alles gut gehen würde.

«Fiete ist doch sehr verträglich, und ich finde die Kleine einfach so süß, ich konnte nicht widerstehen. Kannst du das gar nicht verstehen?»

Ja, doch, ich verstand sie schon. Nun gut, mein Geschmack war die Hündin nicht, aber sie sollte ja auch nicht zu mir. Ich erkundigte mich genauer nach den Umständen, unter denen das Tier groß geworden war und wo es sich jetzt eigentlich befand.

«Also», Sonnhild machte es sich bequem und Fiete legte sich auf meine Füße, «die Kleine, ich werde sie Sasha nennen, lebt im Moment in Ungarn, in einem Tierheim, das von einem deutschen Verein unterstützt wird. Mitglieder dieses Vereins fahren regelmäßig dorthin und holen die vermittelten Hunde ab. So wird verhindert, dass zu viele der ungarischen Hunde nach Deutschland gebracht werden, wo sie erneut irgendwo hocken, bis sie weitergegeben werden können. Du erinnerst dich doch sicher an die Frau mit den rumänischen Hunden, die wir vor ein paar Wochen aufgesucht haben.»

Daran dachte ich oft und auch daran, was aus dem Füchslein geworden war. Hoffentlich kam sie in gute Hände. Während ich überlegte, sprach Sonnhild weiter.

«Ich habe schon alle nötigen Papiere unterschrieben und in drei Wochen kommt Sasha zu mir. Dann wird Fiete endlich wieder glücklich sein, und ich auch.»

Sie schaute mir prüfend ins Gesicht und ich hoffte, dass sie dort nicht noch Spuren der Tränen finden würde, die ich morgens an Leos Grab vergossen hatte.

«Sei ehrlich», kam nach einer Weile von ihr, «besonders glücklich siehst du nicht gerade aus. Du trauerst immer noch um deinen Leo, stimmts? Weißt du was, jetzt wo wir gerade auf der Internetseite des ungarischen Tierheims sind, lass uns doch mal nach einem Hund für dich suchen, einverstanden?»

Sich Sonnhild zu widersetzen, wäre, als wenn man gegen eine Naturgewalt ankämpft, einfach sinnlos. Also gab ich nach.

«Du suchst doch sicher wieder einen Rüden», grenzte sie die Suche ein, «wie groß soll er sein? 35 bis 50 cm Schulterhöhe? Und ein Welpe kommt auch nicht infrage, richtig?»

Was blieb mir anderes übrig, als zu nicken. Ich nahm mir vor, die Fotos der Hunde anzuschauen, die auf meinem Bildschirm erschienen und zu behaupten, es sei keiner dabei, der mir zusagte. Dass ich keinen Hund per Internet wollte, keinen, den ich nicht vorher gesehen und angefasst hatte, mochte ich ihr nicht sagen. Der Eifer meiner Freundin, mich endlich wieder glücklich zu sehen, rührte mich tief.

Ich saß also vor dem Monitor und ließ die Hundegesichter an mir vorbeiziehen. Es gab wuschelige und glatte, grimmige und niedliche, ältere und junge, schwarze, gescheckte, helle und und und...

Schon wollte ich aufhören, Sonnhild bedeuten, dass von all den Hunden keiner zu mir passte, da...da sah ich ihn.

Es war nur der Bruchteil einer Sekunde, den schon rollte der Cursor weiter, zum nächsten Bild, als ich aufschrie, als ob ein Blitz in mich hinein gefahren wäre.

«Halt, da, da, das ist er, das war er, der, genau der!»

Sonnhild schob mich zur Seite, als sie sah, dass ich unfähig war, die Tastatur des Computers selbst weiter bedienen zu können und übernahm die Regie.

«Warte, ich scrolle zurück, ganz langsam. Hier, schau mal, war er das?»

Ich schüttelte den Kopf. «Nein, er war heller, mit dunklen Ohren.»

Dann tauchte sein Bild wieder auf und Sonnhild stoppte. Wir lasen uns gemeinsam die kurze Geschichte dieses Hundes durch und betrachteten die Fotos. Es war um mich geschehen, das war er, der und kein anderer. Dieser Blick, diese Körpersprache, mit der er sich auf einem kurzen Video vorstellte, das alles sagte mir, es ist der Richtige. Sonnhild staunte, wie schnell ich mich entschied, wo ich nur Minuten vorher gar kein Interesse gezeigt hatte, dann lachte sie.

«Siehst du», meinte sie und klopfte mir auf die Schulter, «so ist es mir auch ergangen. Man weiß es einfach! Das wolltest du mir ja nicht glauben.»

Ich hörte ich gar nicht mehr zu, so sehr nahm mich das Bild dieses Hundes gefangen. Sonnhild merkte das und verließ mich mit einem, wie mir schien, etwas hinterhältigem, aber ganz und gar nicht böse gemeintem Grinsen im Gesicht.

Dann war ich mit meinem Hund allein.

Mein Hund? Wieso war mir dieser Gedanke schon vertraut? Ich wusste doch fast gar nichts über ihn. Ich las mir noch einmal durch, was auf der Seite im Internet über ihn stand:

Name: Göndi, ein liebenswerter Rüde, Terriermischling, kastriert,

Schulterhöhe: 38 cm,

Fellfarbe: beige mit grau gemischt,

und schwarzen Strähnen an Ohren, Schnauze und Rute,

Alter, ca. 4 Jahre,

Im Tierheim: seit Juli 2013.

«Oh, der Arme», dachte ich, «er lebt nun schon seit über zwei Jahren in diesem ungarischen Tierheim. Eine viel zu lange Zeit für einen Hund.»

Ich las weiter:

Göndi ist ein ruhiger Hund, der gut in eine Familie passen würde. Er hat ein freundliches Wesen und kommt auch mit anderen Hunden gut aus. Er bellt wenig und ist für jede Aufmerksamkeit dankbar. Göndi wünscht sich sehnsüchtig eine Couch, die er mit einem lieben Menschen teilen darf. Bei Interesse wenden Sie sich bitte an...

Es folgte eine Telefonnummer und ein Name.

Das war alles. Sehr aussagekräftig war es nicht, nur das eine, dass dieser Hund wenig bellt, erschien mir wichtig. Zweifelnd schaute ich mir seine Fotos noch einmal an.

Sollte ich dieses Risiko wirklich eingehen? Mein Kopf sagte «Vorsicht», mein Herz rief «JA JA JA!»

Erst einmal in Ruhe drüber nachdenken, wäre wohl das Gebot der Stunde. Also ging ich hinaus in den Garten und wunderte mich darüber, dass die Sonne nicht heller schien, die Bäume nicht grüner waren und das Wasser im Teich nicht lauter plätscherte. Es war ein ganz normaler Nachmittag Ende August. Mir fiel noch auf, dass ich dringend den Rasen mähen sollte, da hatten meine Schritte mich schon an Leos letzte Ruhestätte geführt. Ich hockte mich daneben ins Gras, in den wohltuenden Schatten von Hasel und Holunder und hielt, wie so oft, stumme Zwiesprache mit Leo.

In Gedanken wägte ich das Für und Wider ab, fragte mich immer wieder, welches Risiko es bedeuten könnte, einen Hund, den ich nur von einem Foto und von einer vagen Beschreibung im Internet her kannte, wirklich zu mir zu nehmen. Er könnte bissig, ängstlich, unverträglich reagieren, noch nie mit Leine und Halsband in Berührung gekommen sein. Vielleicht war er ein ehemaliger Straßenhund und Streuner, dem ich erst alle Hunde-Benimm-Regeln beibringen müsste.

Es gab so viele Bedenken und doch ging mir sein Blick nicht mehr aus dem Kopf.

«Was soll ich nur machen», seufzte ich, «mein liebster Leo, bitte, sende mir ein Zeichen!»

Ich wollte mich schon selbst auslachen, da spürte ich eine kalte nasse Hundenase an meiner Hand herumschnüffeln und erschrak heftig.

«Bobby, du Schlingel, wie kannst du mir nur so einen Schrecken einjagen?»

Neben mir stand Bobby, der große schwarze Labrador meiner Nachbarn und schien über sein ganzes Hundegesicht zu grinsen. Er war Leos bester Freund gewesen. Regelmäßig kam er durch eine Lücke in der dichten Hecke zwischen unseren Grundstücken, in meinen Garten. Meistens tobten die zwei eine Weile auf dem Rasen herum, bis Bobby meinte, es wäre Badezeit für ihn. Er sprang in meinen kleinen Teich, den er mit seinem Körper beinahe ganz ausfüllte. Das störte ihn überhaupt nicht, Hauptsache, es war nass. Bobby planschte kräftig darin herum, von Leo misstrauisch beobachtet. Mein kleiner Terrier konnte dem Element Wasser nichts abgewinnen. Irgendwann kletterte Bobby dann aus dem Miniteich, schüttelte sich kräftig in Leos Richtung und verschwand schnell wieder durch die Hecke.

Dieses Mal legte er sich aber ganz dicht zu mir und ließ sich kraulen. Marianne, meine Nachbarin rief ihn zu sich, doch er rührte sich nicht.

«Lass sie doch rufen», schien mir sein Blick zu sagen, «hier ist es gerade so schön.»

Marianne kannte ihren Bobby genau. Schnell kam auch sie in den Garten und ließ sich bei uns nieder. Sie brauchte nicht zu fragen, wie es mir ging, sie wusste doch genau, wie sehr ich Leo betrauerte.

«Irgendwie bist du heute anders drauf», meinte sie und sah mich prüfend an, «sag bitte nicht, dass du einen neuen Hund gefunden hast?»

Nur einen winzigen Moment überlegte ich, ob ich ihr die Geschichte von Göndi überhaupt erzählen sollte, doch da sprudelte es schon aus mir heraus, ehe ich mir selbst eine Antwort geben konnte. Marianne hörte mir zu, ohne mich zu unterbrechen. Dann lachte sie.

«Du und eine Internetliebe, Hunde-Elitepartner oder so! Das war wirklich nicht zu erwarten. So etwas hast du doch immer konsequent abgelehnt. Magst du mir dieses Wundertier, das dich vom Gegenteil überzeugt hat, nicht mal zeigen?»

Gemeinsam gingen wir ins Haus, wo Bobby sofort in die Küche eilte und gierig nach Essbarem Ausschau hielt. Wieder lachte Marianne.

«Er ist eben ein Labrador, mein Bobby, sozusagen ein Magen mit Fell drumherum!»

Wir gingen ins Arbeitszimmer und ich fuhr schnell den Computer hoch. Dann rief ich die Seite der Tiervermittlung auf und wir sahen uns Göndi ganz genau an. Gemeinsam lasen wir den knappen Bericht über ihn, den ich inzwischen auswendig kannte und ich war gespannt, was Marianne zu meiner Entscheidung sagen würde. Was sie aber dann von sich gab, hätte ich nie von ihr vermutet.

«Tu einfach, was dein Herz dir rät, höre nicht darauf, was dein Verstand sagt oder was andere, Unbeteiligte dir raten wollen. Wenn du tief im Herzen spürst, dass es der Richtige ist, dann sage schnell zu, ehe sich jemand anderes diese Seite anschaut und Göndi haben will.»

Ermunternd klopfte sie mir auf die Schulter, rief nach Bobby, der es sich zu unseren Füßen bequem gemacht hatte, und ging nach Hause.

Lange grübelte ich an diesem Tag noch über Göndi, meine Internetliebe nach und ahnte immer mehr, dass Marianne recht hatte. Nur diese eine Nacht, so versprach ich mir selbst und dem einsamen Hund im weit entfernten Ungarn, nur diese

Nacht wollte ich noch darüber schlafen, meinen Träumen Raum für eine Antwort geben. Morgen, so entschied ich dann, morgen würde ich diesen Verein anrufen...

10. Kapitel

Ende August 2015, keine Hoffnung in Ungarn...

Die Unruhe im Tierheim, die Göndi schon am frühen Morgen weckte, bestätigte ihm das, was Mirko ihm beim letzten Freilauf zugeraunt hatte. Es kamen wieder fremde Leute ins Heim, die einige der Hunde mitnehmen würden. Dieses Mal hatte Göndi sich keine Taktik ausgedacht, hielt sich aber im Hintergrund des Zwingers bereit, falls jemand vielleicht doch nach ihm fragen sollte. Wie immer drängten sich Oli und Boli ganz dicht an den Zaun und präsentierten sich.

«Ach, schaut doch mal», war auch prompt eine laute Stimme zu vernehmen, «Sind die süß. Stehen die auf unserer Liste? Nein, wie schade. Ich werde zu Hause mal ein bisschen Reklame für die Zwei machen.»

In Göndi grummelte es, die Schnauzer und süß? Wie konnte man nur so was behaupten. Die Gruppe war schon fast vorbei, da höre er noch die schrille Stimme einer Frau, die ihn an seine Vergangenheit erinnerte.

«Und was ist mit dem da? Haben wir den auf der Liste?»

Göndi wartete nicht erst ab, ob tatsächlich er gemeint wäre, sondern flüchtete, so schnell er konnte in die Hütte und damit aus dem Blickfeld der Menschengruppe.

Am ganzen Körper zitternd vergrub Göndi sich in der alten Decke. Es war ihm egal, dass sie nach den Schnauzerbrüdern stank. Für ihn war sie die einzige Zuflucht, die er kannte, um den schrecklichen Erinnerungen zu entgehen, aber es war zu spät.

Wieder war er mit seinen Gedanken in der Vergangenheit gelandet, wieder hörte er, wie sein lieber Mensch, sein Zoltan übermütige Melodien auf dem Klavier spielte. Sie lebten beide in den Tag hinein, machten, was sie wollten, und es war niemand da, der Zoltan gesagt hätte, dass er sich zu sehr gehen ließ.

Eines Morgens, oder war es schon Mittag? Das wusste Zoltan nicht mehr, da war er einigermaßen nüchtern aufgewacht und betrachtete kopfschüttelnd das Chaos, das sich ihm bot. Überall im Raum verteilt lagen leere Weinflaschen herum, Teller mit vertrockneten Essensresten verbreiteten unangenehme Gerüche und der überquellende Aschenbecher stank vor sich hin. Göndi winselte leise, er wollte hinaus in den Garten, es drängte. Zoltan öffnete die ihm Terrassentür weit und der Hund sauste schnell hinaus.

«So geht das nicht weiter, da muss etwas geschehen», murmelte Zoltan vor sich hin. Dabei begann er halbherzig mit dem Aufräumen. Bald verließen ihn Kraft und Mut und er sank wieder in den Sessel, in dem er wohl in der vergangenen Nacht geschlafen hatte, seinen grässlichen Rückenschmerzen nach zu urteilen.

Bevor ihn der Mut ganz verließ, rief er einen Freund an, der in Windeseile zu ihnen kam und sein Erschrecken über den Zustand des Hauses, aber auch über den seines besten Freundes, kaum verbergen konnte.

«Mensch Zoltan, du kannst dich doch nicht so gehen lassen und dermaßen verwahrlosen. Was glaubst du, wie deine Frau sich freuen würde, wenn sie das Malheur hier sehen könnte. Willst du ihr wirklich diese Genugtuung geben?»

Beschämt ließ Zoltan seinem Freund freie Hand und der kümmerte sich um eine Putzfrau, mochte Zoltan sich noch so sehr dagegen sträuben.

Mit Mila, einer resoluten, aber einfühlsamen Frau mittleren Alters, wehte bald ein frischer Wind durch Zoltans und Göndis Leben. Nicht nur, dass Mila sehr auf Sauberkeit bedacht war, sie kochte auch unglaublich gut. Göndi bedauerte zuerst ein wenig, dass die Zeit des Würstchenschlemmes vorbei war, genoss aber schnell die feinen Gerichte, die Mila speziell für ihn zubereitete.

«Hunde sollen kein Menschenessen haben», meinte Mila, «das bekommt ihnen nicht, davon bekommst du nur schlimme Bauchschmerzen. Hungern musst du aber bei mir nicht, mein Kleiner!»

Zärtlich struwwelte sie ihm durch sein Fell, das sie mit einer Bürste wieder in Form gebracht hatte. Mit ihrer leisen, warmen Stimme, eroberte sie Göndis Hundeherz im Nu. Sogar Zoltan ließ sich von Mila gern gefallen, dass sie das Kommando im Haus übernahm. Endlich konnte er sich wieder nur seiner Musik widmen. Es brachen schöne Zeiten an, die nie mehr vorbeigehen sollten, hätte man Göndi gefragt. Doch leider sollte es nicht sein.

An einem sonnendurchfluteten Frühsommermorgen mochte Zoltan nicht aufstehen. Er hatte schlecht geschlafen, atmete schwer und das Stechen in der Brust, das ihn seit Tagen plagte, *schien etwas schlimmer geworden zu sein. Göndi, der dringend raus musste, stand unschlüssig vor Zoltans Bett und trippelte von einer Pfote auf die andere. Ins Haus machen, das ging doch nicht, das war ihm selbst unangenehm. Schließlich bellte er kurz und Zoltan zuckte zusammen.*

Er sah Göndi und dessen Bedürfnis und quälte sich aus dem Bett. Langsam, Schritt für Schritt, wie ein alter Mann näherte er sich der Terrassentür und öffnete sie. Wie ein Blitz schoss Göndi nach draußen.

Er sah nicht, wie Zoltan sich an die Brust griff, nach einem Halt tastete und dann umfiel. Regungslos lag der Mann auf dem Boden vor der weit geöffneten Terrassentür. Ein sanfter Wind blies ihm sacht die Gardine über das stille Gesicht.

Göndi hatte es nicht sonderlich eilig damit, wieder ins Haus zu gehen. Er strolchte durch den Garten, schaute kurz ins Nachbargrundstück, ob sich da der fette Kater herumtrieb, den er zu gern mal ein wenig ärgerte, schlabberte Wasser aus dem Teich und begab sich dann gemächlich zurück auf die Terrasse.

Erst als er im Näherkommen sah, dass sein Mensch auf dem Boden lag, alarmierte ihn das. Mit einem Satz sprang er durch die immer noch weit offenstehende Tür und leckte dem reglosen Zoltan vorsichtig die Hand. Der Mann bewegte sich nicht. Göndi schnupperte vorsichtig an Zoltan herum, und seine feinen Sinne sagten ihm, dass hier ganz und gar etwas nicht stimmte. Sein Mensch brauchte Hilfe. Sofort!

Göndi hockte sich neben Zoltan und bellte, so laut er konnte. Es geschah nichts. Niemand eilte zur Hilfe herbei. Er bellte weiter, heulte zwischendurch wie ein Wolf. Doch nichts geschah.

Hektisch lief der kleine Hund auf dem Gelände herum, auf der verzweifelten Suche nach jemandem, der seinem Menschen helfen könnte. Niemand ließ sich blicken. Still lagen die Häuser in der Sonne.

Was sollte Göndi tun? Seinen Menschen allein zu lassen, das fiel ihm nicht ein. Auf die Straße laufen und Hilfe zu holen, das traute er sich nicht, weil er wusste, dass er das Grundstück nicht allein verlassen durfte. Erschöpft vom vielen Bellen legte er sich irgendwann ganz dicht neben den reglosen Zoltan hin. Vielleicht könnte er den geliebten Menschen mit seinem kleinen Körper wärmen und beschützen.

Nach einer Zeit, die Göndi wie eine Ewigkeit vorkam, hörte er, wie sich ein Schlüssel im Schloss der Haustür drehte. Mila war da. So schnell ihn seine Pfoten trugen, eilte er zu ihr und lockte sie zu Zoltan.

«Oh du liebe Güte!»

Mila kniete sich neben den Mann und nahm seine Hand. Dann legte sie ihm die andere Hand auf die Stirn und beugte sich ganz dicht über ihn, horchte nach seinem Atem. Schneller als man es ihr in ihrem Alter zugetraut hätte, erhob sie sich und eilte hinaus. Im Flur rief sie mit hektischer Stimme etwas in ein Gerät. Dann lief sie zu Zoltan zurück.

Es dauerte nicht lange, da sprang Mila wieder auf und öffnete ein paar fremden Männern die Tür. Göndi drückte sich voller Angst in eine Ecke. Er verstand nicht, was die Männer von Zoltan wollten und warum Mila sie gerufen hatte. Er sah vorsichtig um die Ecke und erschrak noch mehr.

Draußen, vor der Haustür stand ein großes Auto mit grell blinkenden blauen Lichtern. Daraus holte die Männer etwas, auf das sie Zoltan legten und dann hinten in den Wagen schoben. Die Tür schloss sich und mit unerträglich heulendem Ton und immer schneller blinkenden Lichtern, fuhr das Auto davon. Göndi starrte lange hinterher, so lange, bis Lichter und Sirene verschwunden waren.

Was hatte das alles zu bedeuten? Wohin fuhr Zoltan? Und wann käme er wieder? Göndi hatte so viele Fragen, die ihm niemand beantwortete. Mila, zu der er hinlief, scheuchte ihn ungeduldig fort.

«Geh mir aus dem Weg, Kleiner. Ich muss jetzt hinterher, ins Krankenhaus, Zoltan das Nötigste bringen, was er dort braucht. Er wird es nicht schaffen, fürchte ich, er lag zu lange dort draußen. Ich komme aber schnell wieder, versprochen!»

Schon schloss sich die Haustür hinter der aufgeregten Frau und Göndi blieb allein, ratlos und mutlos. Beklommen schlich er in sein Körbchen, das wie immer neben dem Klavier stand. Göndi schloss die Augen und stellte sich vor, Zoltan säße neben ihm und entlockte dem Klavier die sanften Melodien, die er am liebsten hörte...

11. Kapitel

21. August 2015, Entscheidung an der Ostsee…

Hatte ich in dieser Nacht wirklich von Göndi geträumt, diesem Hund, der mir nicht mehr aus dem Sinn gehen wollte? Ich wusste es nicht, es war auch nicht wichtig. Das einzig Wichtige war, dass mein Entschluss jetzt feststand, dass mein Herz über den Verstand mit all seinen Einwänden gewonnen hatte.

Noch vor dem Frühstück saß ich am Computer und suchte die Seite des Hundevereins und dort die Telefonnummer von Göndis Vermittlerin.

Eine sympathische Frauenstimme meldete sich sofort auf meinen Anruf und gab Auskunft. Sie war erfreut über mein Interesse an diesem Hund und wollte mir die erforderlichen Vertragsunterlagen sofort zusenden. Über Göndi selbst konnte sie mir leider nicht viel berichten. Sie selbst hatte ihn von einer längst ausgeschiedenen Vereinskollegin übernommen und nur ein einziges Mal bei einem Besuch im ungarischen Tierheim persönlich zu Gesicht bekommen. Mehr, als dass er einen ruhigen und friedlichen Eindruck machte, war ihr leider nicht zu entlocken.

Nun gut, dachte ich, das konnte ich nachvollziehen. Sich auf mögliche Charaktereigenschaften eines mir fast unbekannten Hundes festzulegen, das hätte ich auch nicht gewagt. Auf meine Frage, wie lange es dauern würde, bis Göndi zu mir kommen dürfe, gab sie mir bedauernd zu verstehen, dass es für den jetzt anstehenden Transport zu spät sei. Anfang Oktober wäre der nächste Termin.

«Bitte verstehen Sie das», meine mutlose Stimme brachte sie dazu, mir ausführlich zu erklären, was alles zu tun sei, um einen Hund aus dem Ausland nach Deutschland transportieren zu dürfen, «der infrage kommende Hund muss noch in Ungarn, im Tierheim tierärztlich untersucht sein, wird dort auch gechipt und geimpft. Er muss vollkommen gesund sein, erst dann bekommt er einen internationalen Pass, ohne den er gar nicht ausreisen darf. Und für uns ist es ebenfalls sehr wichtig, zu erkunden, ob Sie überhaupt geeignet sind, einen Hund zu halten.»

«Wie bitte? Was denken Sie denn», aufgebracht schnaubte ich ins Telefon, «ich hatte bereits zwei Hunde, einen Foxterrier, der siebzehn Jahre alt wurde und einen Welsh-Terrier, der es immerhin zwölf Jahre bei mir aushielt. Damit werde ich wohl genügend Hundeerfahrung aufzuweisen haben, meinen Sie nicht!»

Die Frau am anderen Ende der Telefonverbindung blieb ruhig und freundlich und ich schämte mich ein wenig, so übertrieben reagiert zu haben.

«Sehen Sie, das können wir ja alles nicht wissen. Ich glaube Ihnen ja, aber was denken Sie, was uns schon alles vorgelogen wurde, das Blaue vom Himmel herunter versprochen, und am Ende waren es immer die ohnehin schon traumatisierten Hunde, die so eine üble Sache ausbaden mussten. Davor wollen wir die Hunde und auch unseren Verein schützen. Verstehen Sie das?»

Kleinlaut entschuldigte ich mich und gab mein Einverständnis zu solch einer Vorkontrolle. Schon am nächsten Tag meldete sich eine junge Frau bei mir und machte einen Termin für diese Vorkontrolle aus. Ob es mir etwas ausmachen würde, fragte sie, wenn sie ihren eigenen Hund mitbrächte. Er käme auch aus dem Tierheim, in dem Göndi noch saß. Neugierig geworden, gab ich gern mein Einverständnis.

Am nächsten Tag besorgte ich Kuchen, kochte Kaffee und wartete auf die junge Frau. Ein bisschen nervös war ich schon, wusste ich doch überhaupt nicht, was da von mir eigentlich erwartet wurde.

Es klingelte an der Tür, ich öffnete, die junge Frau stand davor, an der Leine einen schwarzen Hund, der mich neugierig beäugte.

«Das ist Paul», lachte sie, «und eigentlich macht Paul die Vorkontrolle, auf seine Art. Wo es ihm nicht gefällt, da kommt auch kein Hund hin. Ich vertraue seinem Urteil.»

Die beiden betraten meine Wohnung, die Frau löste Pauls Leine und ich staunte, über das, was dann geschah.

Wie ein Hausmeister inspizierte Paul jeden Raum, schaute in alle Ecken, kroch sogar unters Bett. Wir zwei Frauen standen im Flur und sahen ihm neugierig zu. Als er sich anscheinend genug umgesehen hatte, kam er auf uns zu und ich erwartete beinahe, dass er nickte.

Bei Kaffee und Kuchen, nein nicht für Paul, für den hatte ich eine Knabberstange besorgt, sprach die junge Frau bereitwillig über ihre Erfahrungen mit dem Hundeverein und auch davon, wie sie damals, als sie Paul zu sich holen wollte, genauso daran gezweifelt hatte, wie ich, ob es richtig wäre, ein ihr völlig unbekanntes Tier aus Ungarn kommen zu lassen.

«Glauben Sie mir», sie lachte leise, «ich habe jeden Tag, jede Stunde hin und her überlegt, ob ich auch wirklich das Richtige tue. Dann kam Paul an, und alles war ganz einfach. Sie sehen ja selbst, wie unglaublich ruhig und entspannt er ist.»

Es war wirklich so. Paul lag mir zu Füßen unter dem Tisch und knabberte an seinem Kauknochen herum. Als er seinen Namen hörte, stand er auf und setzte sich direkt neben mich, legte zufrieden seinen Kopf mit den bernsteinbraunen Augen auf mein Knie und ließ sich von mir hinter den Ohren kraulen. So, das wünschte ich mir jetzt, so ähnlich sollte Göndi auch sein.

Am folgenden Tag kam die Nachricht, dass ich die Probe erfolgreich bestanden habe und man mir nun gern einen Hund anvertrauen würde. Es gab eine lange Liste von Anweisungen, was alles zu beachten sei und wie ich mich auf einen Tierheimhund einstellen sollte. Endlich, am Ende der langen Liste, stand ein Datum. Für Göndis Ankunft war das erste Wochenende im Oktober 2015 vorgesehen.

Ich sah auf den Kalender. Bis dahin waren es noch beinahe sechs Wochen, sechs unendlich lange Wochen, die ich auf meinen Traumhund würde warten müssen. Wie sollte ich diese lange Zeit nur überstehen? Dass ich bis dahin aber mit vielen unvorhergesehenen Dingen beschäftigt sein würde, hatte ich mir vorher nicht klar gemacht.

Papiere mussten unterschrieben und zurückgesandt werden, das Geld für die Vermittlung, das dem ungarischen Tierheim zugute käme, sollte überwiesen sein. An die Hundehaftpflicht-Versicherung erinnerte ich mich. Die hatte ich nach Leos Tod gekündigt. Auch hier wurde sofort eine neue Versicherung eingerichtet. Nicht zuletzt kontaktierte ich die Tierärztin meines langjährigen Vertrauens. Sie schien nicht sehr begeistert von meiner Idee einen Hund aus dem Ausland zu mir zu nehmen.

«Am liebsten würde ich Ihnen davon abraten, aber dafür ist die Sache wohl schon zu weit gediehen, oder? Wissen Sie, ich habe das leider zu oft erlebt, deshalb rate ich Ihnen davon ab. Viele Hunde kommen bereits krank hier an, haben Herzwürmer, Giardien, Durchfall und sonstige üble Erkrankungen. Meistens sind es Streuner, Straßenhunde, die keine Erziehung haben und voller Angst nach allem und jedem schnappen und beißen.»

«Ja aber...»

«Ich weiß schon, was Sie sagen wollen», unterbrach sie mich, «es ist bei Ihrem Hund alles ganz anders. Er ist gesund und kommt aus guten Verhältnissen. Genau das wünsche ich Ihnen von Herzen, weiß ich doch, wie gut es Ihre Hunde bei Ihnen hatten. Wenn Sie sich aber schon entschieden haben, kann ich Ihnen es ohnehin nicht mehr ausreden.»

Sie brach ab, drehte sich zu ihrem Schreibtisch um und gab mir eine Broschüre. Dann schaute sie mich ganz ernst an.

«Bitte, tun Sie sich und Ihrem neuen Hund einen Gefallen, kommen Sie mit ihm zu mir, wenn er angekommen ist, damit ich ihn mir ansehen kann. Und bringen Sie bitte eine Kot- und

Urinprobe mit. Falls er wirklich krank sein sollte, können wir möglicherweise gleich etwas dagegen tun.»

Sie erhob sich und begleitete mich bis zur Praxistür. Dort sah sie mich noch einmal an und sagte leise:

«Ich freue mich trotzdem für Sie!»

Erneut verunsichert, von dem, was meine Tierärztin gesagt hatte, trotzdem zwischen Hoffnung und Bangen schwankend, fuhr ich nach Hause und schaltete meinen Computer ein. Das beste Foto von Göndi lud ich hoch und installierte es als Hintergrundbild auf dem Bildschirm.

Dort erwartete es mich nun jeden Morgen, sobald ich den Computer hochfuhr. Jeden Morgen begrüßte ich Göndi auf diese Weise und fühlte mich ihm dabei irgendwie nahe.

Das Schlimmste waren diese Achterbahngefühle, die mir immer häufiger zu schaffen machten. Wie in einem Hamsterrad drehten sich die Gedanken in meinem Kopf herum.

Werde ich es schaffen, mir mit einem völlig unbekannten Hund eine gute Gemeinschaft aufzubauen?

Wird er Vertrauen zu mir haben, oder kommt da ein total verängstigtes Tier an, oder noch schlimmer, ein Angstbeißer vielleicht?

Ist er wirklich gesund oder handele ich mir ein todkrankes Tier ein, das unter grässlichen Parasiten leidet und Flöhe und Würmer als ungebetene Gäste mitbringt?

Immer, wenn ich wieder einmal zweifelte, schaute ich mir Göndis Bilder an und wusste, dass er der Richtige war. Was ich dort in dem Hundegesicht zu erkennen glaubte, tröstete mich und ich war mir sicher, dass dieses noch unbekannte Fellbündel, ein wunderbarer Kamerad sein würde.

Irgendwie gelang es mir immer wieder, mich abzulenken. Neben den notwendigen Gartenarbeiten stürzte ich mich auf meinen Terminkalender und schaufelte mir eine ganze Woche frei, die Woche, nachdem Göndi bei mir angekommen wäre.

Aber bis dahin waren es immer noch viele unendlich lange Tage. Wollte die Zeit eigentlich gar nicht vergehen? Zogen sich die Stunden dahin wie zähfließender Honig? Und immer wieder überkamen mich tausend Zweifel. Da klingelte es an der Tür und Sonnhild stand davor.

«Los, wir fahren zum Strand», kommandierte sie und strahlte mich an, «nicht überlegen, mitkommen!»

Schon lief sie zu ihrem Auto und ich trottete brav hinterher. Im Wagen sah ich dann den Grund ihrer guten Laune. Neben Fiete auf dem Rücksitz hockte eine kleine goldblonde Hündin und schaute mich groß an. Kaum saß ich, hatte ich auch schon eine nasse Zunge im Gesicht und Fiete wollte sich ebenfalls an der «Wäsche» beteiligen, das pfiff Sonnhild die beiden zurück. Und siehe da, die zwei gehorchten aufs Wort, setzten sich hin und wir fuhren los, zum Hundestrand.

Dort sollten die beiden ungestört herumtollen dürfen. Sasha, die Hündin und neue Spielgefährtin von Fiete, war gar nicht bange. Fröhlich und unkompliziert kam sie sofort zu mir und ließ sich streicheln. Meine Freundin warf den beiden Hunden einen Ball zu und berichtete dann, wie gut sich Sasha eingelebt hatte.

«Das ging überraschend schnell. Fiete akzeptierte die Sasha sofort und die zwei waren gleich ein Herz und eine Seele. Siehst du, wie Fiete endlich wieder aufblüht? So glücklich habe ich ihn schon lange nicht mehr erlebt.»

Ich sah den Hunden eine Weile zu und musste Sonnhild recht geben. Fiete schien regelrecht verjüngt. Nun war ich beinahe sicher, dass Göndi und ich zusammenpassen würden. Das nahm mir ein wenig die Angst, aber es blieben immer noch lange vier Wochen Wartezeit.

Zur Überbrückung begann ich mit einem gründlichen Hausputz und bald lachte ich mich selbst aus. Es war reine Beschäftigungstherapie. Dem Hund war es wahrscheinlich völlig gleichgültig, wie es in meinen Schränken aussah und ob der Fußboden frisch geputzt war, würde ihn auch nicht sonderlich interessieren.

Beim Aufräumen fielen mir auf einmal Leos Leine und sein Halsband in die Hände. Die Leine würde ich bei Göndi gut gebrauchen können, aber das Halsband, das Leo so lange getragen hatte, verstaute ich in die Kiste mit den Erinnerungen, die ich unbedingt aufbewahren wollte.

Neue Fressnäpfe mussten auch noch her, die alten hatte ich verschenkt und um geeignetes Futter sollte ich mich auch bald kümmern. Wozu hat frau das Internet? Ich machte mich schlau, folgte auch den guten Tipps, die der Hundeverein dem Vertrag beigefügt hatte und besorgte alles Nötige. Und doch vergingen die Tage im Schneckentempo. Jeden Morgen begrüßte ich den virtuellen Göndi und spürte, wie meine Vorfreude täglich wuchs.

Sonnhild, die mich mit ihren beiden Hunden besuchte, war es dann, die mich fragte, wie mein Hund eigentlich heißen sollte.

«Darüber habe ich noch nicht nachgedacht», gab ich zur Antwort, «mir gefällt der Name Göndi. Er klingt so freundlich, wie der Hund auf mich wirkt und ich dachte, ich lasse es dabei. Was meinst du?»

«Na ja, ich habe Sasha ja auch umbenennen müssen, sie hatte einen für mich unaussprechlichen Namen. Weißt du, was der Name «Göndi» überhaupt bedeutet?»

Das wusste ich natürlich nicht, aber wofür gibt es im Internet Übersetzungsprogramme, dachte ich, obwohl mir es eigentlich egal war, was «Göndi» bedeuten sollte. Der vertraute Klang dieses Namens war für mich schon untrennbar mit dem Bild des kleinen Terriermischlings verbunden, der sich bald auf den weiten Weg zu mir nach Norddeutschland machen würde.

Nachdem Sonnhild mit ihren Hunden nach Hause gegangen war, setzte ich mich an den Computer. Das Programm, das von ungarisch auf deutsch übersetzte, machte es mir nicht einfach. Als Namen gab es «Göndi» nicht, ich versuchte es auf anderen Seiten, die vielversprechender waren. Dann, nach langem Suchen, fand ich es.

Göndi bedeutete so etwas Ähnliches wie «krauses Haar», oder «struppiges Haar». Ich lachte, wenn ich an Ferry oder Leo dachte, dann war es doch eigentlich genau richtig. Beide hatten ein raues, mitunter struppiges oder sogar krauses Fell besessen. Wenn sich «Göndi» nun in etwa mit «Struppi» gleichsetzen ließe, dann würde es doch ganz hervorragend zu meinem Hund passen. Aber eines würde ich dann doch lieber nicht, mich ab sofort in «Tim» umbenennen. Tim und Struppi? Nein, da war keine Ähnlichkeit.

Wir bleiben bei «Göndi», dachte ich und drückte ihn in Gedanken an mein erwartungsvolles Herz...

12. Kapitel

September 2015, Enttäuschung in Ungarn

Endlich waren die Tage nicht mehr so heiß und der ersehnte Regen brachte weitere Abkühlung mit sich. Göndi, der an einem der wenigen trockenen Tage auf dem Dach der Zwingerhütte vor sich hin gedöst hatte, schrak hoch. Unruhe kam auf im Tierheim. Wieder ging die Leiterin mit einer Liste in der Hand an den Zwingern vorbei und machte Zeichen auf das Schild mit den Namen der Hunde, die dort jeweils lebten. Als sie vor Göndis Gitter stehen blieb, schlug sein Herz schneller. Er wusste, was diese Zeichen bedeuteten, Mirko, der alte Schäferhund hatte es ihm verraten.

«Wenn auch bei dir solche Zeichen auf das Schild an deinem Zwinger gemalt werden, dann heißt das, dass du zu denen gehörst, die demnächst ihr Köfferchen packen dürfen!»

Was das bedeutete, wusste inzwischen sogar Göndi, den sonst der Klatsch und Tratsch im Freilauf wenig interessierte. Sein Köfferchen packen zu dürfen, auch wenn es bei den Hunden so etwas gar nicht gab, verhieß ein Zuhause, eine richtige Familie, die einen aufnahm und sich kümmern würde.

«Mirko», Göndi wollte ganz sicher sein, «du meinst also, wenn auf dem Schild ein Zeichen neben meinem Namen steht, dann darf ich endlich hier heraus? Dann gibt es wieder einen

Menschen für mich, einen, der mich lieb hat? Bist du dir da ganz sicher? Wenn das doch nur bald wahr würde!»

Göndi stand auf, näherte sich der Gittertür und versuchte, zu dem Schild hinaufzusehen. Es gelang nicht. Er war zu klein, das Schild hing zu weit oben und er wusste doch auch gar nicht, wie sein Name aussah. Aber dass die Leiterin etwas darauf vermerkt hatte, war deutlich zu sehen. Seufzend legte er sich wieder auf das Dach der Hütte, ringelte sich ein und träumte davon, dass er bald wieder die weite Welt sehen dürfte und nicht nur die Gitterstäbe, die das Tierheim umgaben. Ein kleines Fünkchen Hoffnung schlich sich leise in sein Hundeherz und seine Pfoten zuckten im Schlaf, als liefe er bereits über weite grüne Wiesen und jagte vergnügt einem Schmetterling hinterher.

Am nächsten Tag schien die Sonne wieder heiß vom wolkenlosen Himmel. Unruhig lief Göndi im Zwinger auf und ab. Wenn Mirko mit seiner Voraussage recht gehabt hatte, dann würde sich heute sein Schicksal zum Guten wenden. Wenn doch nur endlich...ja, da kam sie, die Tierheimleiterin. Göndi rannte nach vorne, dorthin, wo sich gleich die Gittertür öffnen und ihn in die Freiheit entlassen würde.

«Na Kleiner», die Frau hob zwei Leinen hoch, «sag mal, wo sind Oli und Boli? Verschlafen die zwei Rabauken etwa den wichtigsten Tag ihres Lebens? Kommt mal her! Es ist kaum zu glauben, aber es haben sich Leute gefunden, die wollen euch alle beide!»

Wie der Blitz rannten die Schnauzermischlinge nach vorne und führten einen wilden Tanz auf.

«Nun mal langsam, ihr zwei. Hinsetzen, damit ich euch die Halsbänder und die Leinen anlegen kann. So, nun verabschiedet euch von Göndi, denn der hat Glück, dass er euch los wird. Vorerst einmal hat er hier Ruhe und den Zwinger für sich allein. Und nun kommt!»

Fassungslos sah Göndi hinter seinen Zwingergenossen her. Er verstand nicht, warum die beiden ein Zuhause gefunden hatten und er nicht. Er drehte sich um und verkroch sich in der Hütte, aus der ihn jetzt niemand mehr verjagen würde. Das Futter, dass ihm einer der Helfer hinstellte, rührte er nicht an. Er lag auf der dünnen Decke, die noch nach Oli und Boli roch und fühlte sich schrecklich allein, beinahe so allein, wie damals, als er auf seinen Menschen Zoltan wartete.

Wie lange Göndi damals neben dem Klavier in seinem Körbchen wartete, wusste er nicht mehr. Es wurde dunkel und sein Magen knurrte vernehmlich. Auch die Blase drückte, er musste raus. Die Haustür war verschlossen, das wusste er, weil die Haushälterin sie hinter sich zugemacht hatte. Göndi hob den Kopf, ein leiser Windhauch wehte durchs Zimmer, bewegte die Gardinen. Die Terrassentür, ja richtig, die Tür zum Garten, die war immer noch offen, vergessen von den Rettungsleuten und auch von Mila. Göndi sprang auf und rannte auf den Rasen, keine Sekunde zu früh. Erleichtert inspizierte er den Park. Niemand war zu sehen oder zu hören. Nirgendwo brannte ein Licht. Bedrückt schlich Göndi wieder ins Haus zurück, begab sich in die Küche, wo sein Fressnapf stand. Doch der war leer, niemand hatte ihn aufgefüllt. Göndi schnupperte, irgendwo roch es nach Brot, Wurst und Käse. Zoltans unangetastetes Frühstück stand auf dem Tisch. Göndi traute sich nicht, auf den Stuhl und von dort auf den Tisch zu springen. Nicht, dass er es nicht geschafft hätte, aber Zoltans Verbot saß tief und hinderte ihn daran. Er tappte zu seinem Körbchen, kuschelte sich in die Decke, die darin lag und hoffte, dass sein Mensch bald nach Hause käme. Dann wäre alles wieder gut.

Der Morgen dämmerte herauf, die Kühle der Nacht drang bis zu Göndis Schlafplatz und weckte ihn aus unruhigem Schlaf. Hunger, nagender Hunger, so wie er ihn noch nie erlebt hatte, quälte ihn. Doch zuerst lief er in den Garten und erleichterte sich, so unangenehm es ihm auch war, sein eigenes Heim zu beschmutzen. Ihm fiel die Küche wieder ein, das Frühstück, das vielleicht noch dort war. Er war so hungrig, dass er sich über Zoltans Verbot hinwegsetzen wollte. Ganz bestimmt würde sein Mensch das verstehen. Doch in demselben Augenblick, als er die Terrassentür erreichte, wurde sie durch einen heftigen Windstoß zugeworfen und Göndi war ausgesperrt.

Dieser Windstoß wurde durch das Öffnen der Haustür verursacht und Mila trat ein. Göndi kratzte an der Terrassentür, versuchte, auf sich aufmerksam zu machen. Mila, das wusste er, würde ihm sein Futter geben und sie könnte ihm auch sagen, wo Zoltan war. Doch kaum hatte Mila die Küche erreicht, öffnete sich die Haustür erneut und herein stürmte die Frau.

Mit ihrer unverkennbaren schrillen Stimme redete sie auf Mila ein. Was sie sagte, konnte Göndi nicht verstehen, doch ihre Gesten schienen nichts Gutes zu bedeuten. Mila redete dagegen an, doch vergebens. Unmissverständlich hielt die Frau die Hand auf, Mila legte widerstrebend die Haustürschlüssel hinein.

Dann wies die Frau ihr mit eiskalter Miene die Tür und Mila ging traurig und mit gesenktem Kopf davon.

Göndi, der immer noch draußen vor der Terrassentür stand, rannte, so schnell ihn seine Beine trugen nach vorn, damit Mila ihn sehen und mitnehmen könnte. Er kam zu spät, er sah nur noch, wie Mila in ein Auto stieg, das mit ihr davon fuhr. Nun war er vollends verwirrt. Was ging da nur vor sich? Was wollte die schrille Frau hier und warum kam Zoltan nicht zurück?

Göndi schlich sich zurück auf die Terrasse und beobachtete, wie die Frau sich an den Schränken im Wohnzimmer zu schaffen machte. Offensichtlich suchte sie etwas. Schubladen riss sie auf, Papiere flogen zu Boden. Sie schaute sogar hinter die Bilder an der Wand. Mit diesem merkwürdigen Verhalten konnte Göndi nichts anfangen. Als die Frau endlich das Zimmer verließ, die Treppe nach oben nahm, wagte Göndi es, sich wieder zu bewegen. Hunger schrie sein Magen, Hunger ließ ihn an nichts anderes als an Futter denken.

Er lief zurück in den Garten, immer in der Deckung der Büsche und Blumen. Nur nicht dieser Frau in die Hände fallen, unter keinen Umständen, dachte er. Da hörte er Kinderstimmen. Die kannte er, es waren die Nachbarskinder, mit denen er hin und wieder spielen durfte. Er rannte zum Zaun, bellte leise, die Kinder hörten ihn und kamen zu ihm.

«Oh, Göndi, du Armer, bist du jetzt ganz allein?»

Das Mädchen, das Größere der beiden Kinder, sah ihn mitleidig an. Es erfasste Göndis Situation schneller als gedacht.

«Hat man dich etwa ausgesperrt? Ist die olle Zicke wieder da? Das kann ich mir denken. Der willst du wohl nicht begegnen.

Ganz bestimmt hast du Hunger, komm György, wir holen was aus der Küche für Göndi. Du wartest brav hier, wir sind gleich wieder da.»

Natürlich würde er warten, sein leerer Magen schmerzte inzwischen so sehr, dass er kaum noch laufen konnte. Kurze Zeit später kamen Aneska und György zurück. Zwei dick belegte Brote schob das Mädchen durch den Zaun, auf die Göndi sich gierig stürzte. Zufrieden schauten die Kinder zu, dann überlegte das Mädchen, wo Göndi über Nacht bleiben könnte.

«Mit zu uns nach Hause nehmen, geht leider nicht, Vater würde ihn sofort wieder rüberbringen und dann wäre er der ollen Zicke ausgeliefert. Durch den Zaun kommen wir ohnehin nicht. Sag mal Göndi, es gibt doch bei euch ein Gartenhaus, da, wo der Gärtner seine Sachen aufbewahrt. Kannst du nicht da drin schlafen? Kommst du irgendwie hinein? Versuche es doch mal. Wir warten hier, falls es doch nicht geht. Siehst du? Dort, den Schuppen?»

Göndi fiepte leise und rannte zu dem Holzschuppen, den er bisher immer gemieden hatte. Es roch dort so sehr nach dem Gärtner, der Flaschen versteckte, aus denen er trank. Außerdem rauchte er, ein ziemlich scheußlich stinkendes Kraut.

Der Schuppen war verschlossen, die Tür bewegte sich nicht, so sehr Göndi auch dagegen drückte. Verzweifelt lief er zur Rückseite und sah dort nach. Da hing ein loses Brett, das er mit der Schnauze zur Seite stieß und durch den Spalt ins Innere der Hütte gelangte. Er drehte sich um und lugte durch den Spalt. Ja, die Kinder hatten gesehen, dass er es geschafft hatte, und Aneska machte eine Geste mit ihrem Daumen, die vielleicht

«Glückwunsch» bedeuten sollte. Dann gingen die beiden in ihr eigenes Haus zurück. So vergingen ein paar Tage.

Nachts schlief Göndi im Schuppen und tagsüber lag er unter den Büschen versteckt und beobachtete das Haus. Seinen Durst stillte er im Teich und gegen den Hunger brachten ihm György und Aneska so viele dick belegte Brote, wie sie der Köchin abschwatzen konnten, ohne dass es auffiel.

Irgendwann, daran glaubte Göndi fest, würde sein Mensch, sein Zoltan wiederkommen und dann wäre alles so schön wie früher.

Die Stille und Wärme, die über dem Garten lag, ließ Göndi eindösen. Erst ein lautes Poltern, von kräftigen Männerstimmen begleitet, weckte ihn auf. Er schlich zur Terrasse und sah zu seinem Entsetzen, wie zwei große, kräftige Männer sich bemühten, das Klavier aus dem Wohnzimmer zu tragen. Die Haustür stand weit offen und gab den Blick auf ein riesiges Auto frei, in das andere Männer die Stühle aus dem Esszimmer trugen.

«Nein, nicht Zoltans Klavier!» Göndi bellte laut und kratzte an der Terrassentür. Einer der Männer drehte sich um und bemerkte den Hund.

«Weiß jemand von euch was von einem Hund? Gehört der auch hierher? Sollen wir ihn mitnehmen?»

«Nö, von einem Köter weiß ich nix. Kümmere dich nicht drum, der gehört vielleicht den Nachbarn. Wir machen das, wofür wir bezahlt werden, alles andere geht uns nichts an.»

Der Mann drehte Göndi den Rücken zu und hob das Klavier an. Der Hund starrte entsetzt durch das Glas der Terrassentür, *die ihm verschlossen blieb. Im Laufe des Tages leerte sich das Haus mehr und mehr. Alles, jedes Möbelstück, jedes Buch und jede Musik-CD wurde in den Wagen verladen.*

Göndi musste hilflos zusehen, wie alles, was Zoltan wichtig gewesen war und was sein Zuhause bedeutet hatte, im großen Wagen verschwand. Er verstand nicht, was da vor sich ging und warum Zoltan nicht kam und seine Sachen zurückholte. Dann war das Haus leer, nur sein Hundekorb stand noch da, wo vorher das Klavier gewesen war. Ein einziges Mal keimte Hoffnung in Göndi auf, als einer der Männer über dieses Körbchen stolperte.

«Schaut doch mal, hier ist ein Hundekorb. Gehört der Köter, der da draußen herumlungert vielleicht doch hierher? Ruft mal die Hausbesitzerin und fragt lieber nach. Vielleicht ist er nur vergessen worden. Dann nehmen wir ihn mit, hier, so ganz allein, kann er doch nicht bleiben.»

«Spinnst du», kam die barsche Antwort seines Chefs, «wir machen das, was uns aufgetragen wurde und da steht nix von einem Hund. Nur daran haben wir uns zu halten. Nun komm endlich.»

Der besorgte Möbelpacker warf Göndi noch einen letzten, bedauernden Blick zu, dann fiel die Haustür ins Schloss und der Hund hörte, wie der große Wagen startete. Dann wurde es wieder still und Göndi war allein, ganz allein, so allein, wie er noch nie in seinem Hundeleben gewesen war.

Er starrte traurig durch die Terrassentür in das Wohnzimmer. Nichts erinnerte mehr an die Zeit, in der er dort mit Zoltan glücklich gewesen war. Sein Blick ging ungehindert durch den leeren Raum, sogar die Gardinen waren verschwunden.

Ein einzelnes, zerrissenes Blatt Papier, mit dem seltsamen Zeichen bedeckt, die Zoltan immer darauf geschrieben hatte, lag zerknüllt in einer Ecke, mehr gab es nicht mehr zu sehen. Göndi drückte sich dicht an die kühle Glasscheibe, hoffte, auf diese Weise noch irgendetwas zu entdecken, dass ihn an früher erinnerte. Da gab die Tür plötzlich nach und schwang langsam nach innen auf.

Vorsichtig, ganz langsam, betrat der Hund das Wohnzimmer. Ob er nachschauen sollte, oben vielleicht, ob es von Zoltan noch irgendwo ein Lebenszeichen gab? Sorgsam alles beschnüffelnd, bewegte sich Göndi auf die Treppe zu. Überall roch es nach der schrecklichen Frau, nach ihrem Parfum, das alles überlagerte. Als Göndi schon am Fuß der Treppe angekommen war, hörte er plötzlich Schritte, zwei Menschen eilten die Stufen hinunter. Es waren die schrille Frau und ein Mann, den Göndi nicht kannte, die sich noch im Obergeschoss aufgehalten hatten.

Es war zu spät, viel zu spät zum Davonlaufen und es gab nichts, hinter dem er sich hätte verstecken können. Er duckte sich in eine Ecke, machte sich so klein wie möglich, aber es war umsonst. Die Frau schrie auf, deutete mit dem Finger auf Göndi und kreischte los.

«*Dieser grässliche Köter ist ja immer noch hier*», *sie wandte sich an den Mann, der unschlüssig neben ihr stand,* «*los, schaff ihn mir vom Hals. Wie ist mir ganz egal. Nur weg mit ihm. Wenn dieser Hund hier noch lange herumstreunt, kann ich das Haus nie verkaufen!*»

«Überlass das getrost mir», der Mann legte seinen Arm um die Schultern der Frau, «keine Sorge, ich bringe ihn gleich von hier weg, versprochen.»

Die beiden kamen die Treppe herunter und Göndi hockte da wie versteinert. Die Frau ging an ihm vorbei, ohne ihn eines Blickes zu würdigen und verschwand durch die Haustür. Der Mann blieb zurück, kniete sich neben den zitternden Hund, streichelte ihn und redete leise auf ihn ein.

«Na komm, beruhige dich Kleiner. Soll ich dich zu Zoltan bringen? Ja? Dann komm, wir fahren zu ihm.»

Göndi starrte den Mann erst ungläubig an. Dann keimte auf einmal Hoffnung in ihm auf, eine unbändige, grenzenlose Hoffnung. Er durfte zu Zoltan, endlich. Dann würde alles wieder gut. Ohne zu zögern folgte er dem Mann, stieg in das wartende Auto, setzte sich folgsam auf die Rückbank und sah nicht das boshafte Grinsen im Gesicht des Mannes am Steuer.

Wie lange die Fahrt dauerte, das wusste Göndi nicht, nur dass die Sonne immer tiefer sank. Er hatte Hunger, er hatte Durst, seine Blase drückte unangenehm, doch es war ihm egal. Am Ende dieser Fahrt, darauf hoffte er, würde Zoltan warten. Das war das Einzige, das zählte. Dafür würde er alles aushalten. Irgendwann hielt das Auto am Straßenrand an. Der Mann stieg aus, öffnete die hintere Tür, packte Göndi grob am Nackenfell und warf ihn aus dem Wagen.

Verwirrt ließ der Hund es geschehen, er wollte zu Zoltan, so schnell wie möglich. Suchend schaute er sich um, wo war sein Mensch, wieso stand er nicht hier und wartete? Wo war er nur? Göndi sah zum Auto, das noch da stand und scheinbar wartete.

Sollte er etwa wieder einsteigen? Oder, nein, lieber sich schnell erleichtern, wer weiß, wie lange die Fahrt noch dauern würde. Rasch hob er das Bein.

Im selben Moment hörte er, wie die Fahrertür zuschlug und das Auto anfuhr. Panisch drehte er sich um und sah, dass er ganz allein am Straßenrand stand. Der Wagen entfernte sich mit rasender Geschwindigkeit.

Göndi rannte, rannte hinter dem Auto her, so schnell ihn seine Pfoten trugen, doch bald sah nur noch die Rücklichter des Autos, die in der hereinbrechenden Dämmerung in der Ferne verschwanden. Langsam machte er noch ein paar zaghafte Schritte in die Richtung, starrte ungläubig in die Richtung, in die das Auto davon gefahren war, dann gab er auf.

Entmutigt schaute er sich um. Dunkelheit senkte sich über ihn. Viel konnte er nicht mehr von seiner Umgebung erkennen, nur das schnurgerade Band der Straße, die sich irgendwo in der Ferne verlor. Links und rechts davon dehnten sich weite Felder. Kein Baum, kein Strauch befand sich in seiner Nähe, nichts, unter dem er Schutz hätte finden können. Nur ein wenig hohes, trockenes Gras wuchs am Straßenrand, das ihm vielleicht etwas Deckung bot.

Mit hängenden Ohren tappte Göndi dorthin, trat das Gras ein wenig nieder und rollte sich so eng zusammen, wie er nur konnte. Seine Augen kniff er fest zu, sah nichts, wollte nichts sehen. Auch nicht, wie über ihm sich der Nachthimmel wölbte, an dem Millionen Sterne leuchteten und den unruhigen Schlaf eines einsamen kleinen Hundes bewachten.

Mit unhörbaren Flügelschlägen glitt eine Eule über ihn hinweg, er merkte es nicht. Im Schlaf vergaß er, wo er war. Er träumte von einer früheren, einer besseren Zeit, von der Zeit, als Zoltan noch bei ihm gewesen war...

13. Kapitel

Ende September 2015, das lange Warten...

Die Tage wollten für mich einfach nicht vergehen, sehnsüchtig wartete ich auf den Bescheid, wann Göndi sich endlich auf die Reise zu mir begeben dürfte. Viel zu oft rief ich bei seiner Vermittlerin an und sie beantwortete mir mit Engelsgeduld alle Fragen. Endlich, ich hörte es schon ihrer freudigen Stimme an, konnte sie mir den genauen Ausreisetermin mitteilen, es sollte der dritte Oktober sein.

«Du lieber Himmel», dachte ich, «das sind ja noch beinahe zwei Wochen? Was mache ich nur bis dahin?»

Mein Sohn war es, der die Antwort darauf fand. Er lebt weit unten, im Süden Deutschlands, in der Nähe von Ulm.

«Sag mal Mutter», fragte er mich beinahe beiläufig, bei einem unserer Telefonate, «noch ist der Hund ja nicht bei dir und du hast Zeit. Warum kommst du mich nicht besuchen? Setz dich in den Zug und ich hole dich in Ulm ab. Übernachten kannst du gern bei mir, dann siehst du auch mal meine jetzige Junggesellenbude. Ich würde mich riesig freuen. Denk einfach mal drüber nach. Ich habe noch ein paar Tage Urlaub zu bekommen und wir könnten gemeinsam was unternehmen.»

Da musste ich nicht lange überlegen, es war genau das, was ich jetzt brauchte. Außerdem hatte ich meinen Sohn viel zu lange nicht gesehen. Ich nahm mir frei, buchte die Zugfahrt und war schon ein paar Tage später unterwegs nach Ulm. Entspannt genoss ich die lange Fahrt, las in einem Buch oder sah die unterschiedlichen Landschaften an mir vorüberziehen. Dann stieg ich in Ulm aus und durfte meinen Sohn endlich wieder in die Arme nehmen.

Es folgten schöne, entspannte Tage, die eigentlich viel zu warm für Ende September erschienen. Wir hatten uns so viel zu erzählen, saßen in einem Biergarten an der Donau unter alten Bäumen und ließen uns schwäbische Spezialitäten schmecken. Mein Sohn entführte mich an einem anderen Tag ins Allgäu.

Zu Fuß wanderten wir auf eine Alm, wo die graubraunen Kühe mit großen ausdrucksvollen Augen uns beim «vespern» auf die Teller schauten. Die Fahrt ins Tal zurück genoss ich auf einem Sessellift mit herrlichem Blick über die wunderschöne Landschaft. Schnell verflogen die Tage, genauso, wie ich es mir vorgestellt hatte. Ehe ich wieder zurück nach Norddeutschland fahren musste, machten wir noch einen Ausflug an den Bodensee. Bei gutem Wetter und schönstem Sonnenschein kamen wir an das «schwäbische Meer». Weit draußen konnte ich sehen, wie dunkle Wolken immer größer wurden, immer näher kamen.

Mein Sohn zog mich schnell in ein nahegelegenes Café. Kaum saßen wir dort, ging draußen ein heftiges Gewitter nieder. Es war ungemein faszinierend anzuschauen, wie der starke Regen den See kräuselte, wie grelle Blitze in die Wasseroberfläche einschlugen, der Wind die Wellen höher schlagen ließ und der Donner dazu führte, dass die Fensterscheiben des Cafés klirrten.

«Wo kommt dieses Unwetter so schnell her», fragte ich meinen Sohn. Der lachte und meinte, das wüsste hier jedes Kind, dass ein Gewitter über dem Bodensee genauso schnell abziehen würde, wie es käme. Wie recht er hatte, sah ich auf dem Rückweg, als uns die Sonne wieder begleitete und die Vögel zwitscherten, als habe es Blitz und Donner nicht gegeben. Es war eine wunderschöne Zeit mit meinem Sohn. Wir redeten viel und kamen uns wieder sehr nahe.

Kaum saß ich aber im Zug und fuhr in Richtung Norden, da überfielen mich die Zweifel an meinem Entschluss erneut. War es wirklich richtig, mich an einen völlig unbekannten Hund zu binden? Hätte ich mein Single-Dasein nicht doch besser allein genießen können? Ohne Rücksicht auf ein Haustier zu nehmen, wäre ich viel freier in meinen Entscheidungen, könnte reisen wohin und solange ich wollte.

Hätte, könnte, dürfte, schnell fegte ich diese unnützen Gedanken beiseite und was war das Erste, was ich tat, als ich nach Hause kam? Ich fuhr den Computer hoch und sah das Foto von Göndis erwartungsvollem Hundegesicht. Auf der Stelle verflogen alle Bedenken.

Im Briefkasten lag ein dicker Umschlag. Die Tierorganisation sandte mir die Transportliste zu, für die Fahrt, auf der Göndi dabei sein würde. Es gab Telefonnummern und auf der Seite des Vereins wurde ein Link eingerichtet, auf dem man den Transport «begleiten» durfte. Sicher hatte der Verein längst seine Erfahrungen mit aufgeregten Menschen wie mir gemacht, die es kaum noch abwarten konnten, bis ihre Hunde endlich bei ihnen ankamen.

Es war alles akribisch aufgelistet, vor allem wann, das heißt, um welche Uhrzeit, und wo, an welcher Abholstation der Hund, der erwartet wurde, übergeben werden sollte. Ich zog gedanklich den Hut vor dieser logistischen Leistung.

Am Donnerstag, also morgen, würde der Transporter von Deutschland, von hier in der Nähe starten und mit einigen notwendigen Zwischenstationen nach Ungarn fahren. Rund 1500 Kilometer waren auf dieser Strecke zu bewältigen, drei Mitglieder des Vereins wechselten sich mit dem Fahren ab. Trotzdem schien es mir eine lange Reise zu sein. Vor Ort, in Ungarn sollten dann die Papiere der Hunde gesichtet werden, ein Tag Pause war der Besatzung des Transporters vor der Rückfahrt gegönnt. Es gab dennoch mehr als genug zu tun. Jeder Hund sollte begutachtet, jeder Transportkäfig mit Namen und Daten der Hunde versehen werden, ehe es dann am Samstag, wieder 1500 Kilometer, nach Norden, in die neue Heimat gehen sollte.

Die nächsten Tage musste ich mich dazu zwingen, mich auf meine Arbeit zu konzentrieren. Immer wieder schweiften meine Gedanken ab, gingen zu Göndi und ich fragte mich ständig, wie es ihm wohl gerade ergehen mochte. Wenn ich ihm doch nur sagen könnte, wie viel Liebe hier auf ihn wartete. Wenn doch nur diese Tage des Wartens nur endlich vorüber wären...

14. Kapitel

1. Oktober 2015, was geschieht in Ungarn?

Göndi schrak aus seinen Träumen von Zoltan hoch und wusste erst nicht, wo er war. Er schaute sich um, ach ja, sein Zwinger. Klapperte da soeben die Gittertür? Wer wollte etwas von ihm? Er war doch allein im Zwinger, seit Oli und Boli ihr Köfferchen hatten packen dürfen. Wenn er jetzt in den Freilauf sollte, dann würde er sich weigern. Er hatte keine Lust, sich mit den anderen Hunden zu beschäftigen. Niemand, außer Mirko vielleicht, konnte verstehen, wie furchtbar es sich anfühlte, dass immer andere Hunde, sogar solche, die oft nur ganz kurz hier im Tierheim waren, abgeholt und zu einem neuen Zuhause gebracht wurden. Er wollte nicht mehr, konnte nicht mehr. Die Hoffnung, dass er eines Tages hier heraus käme, war endgültig verschwunden.

Dabei hatte damals alles so vielversprechend für ihn ausgesehen, als er von der Straße aufgelesen wurde. Göndi erinnerte sich noch genau daran, wie verlassen er sich gefühlt hatte, als er am frühen Morgen am Straßenrand erwachte, frierend und nass vom Tau der Dämmerung. Das dünne Grasbüschel bot ihm keinen Schutz, aber ein paar Tautropfen stillten seinen schlimmsten Durst. Er rappelte sich mühsam hoch, schüttelte sich und sah sich um.

Was er gestern in der tiefen Dunkelheit nur erahnen konnte, nachdem der Mann ihn aus dem Auto warf, wurde jetzt zur traurigen Gewissheit. Der grausame Mensch hatte ihn in einer menschenleeren Gegend ausgesetzt. Bestimmt dachte er, dass Göndi hier nicht lange überleben würde, und er wäre dann nicht schuld an seinem Tod. Dachten Menschen so? Waren sie so herzlos? Für Göndi, der fast immer nur Gutes bei Zoltan erfahren hatte, war das schwer vorstellbar. Aber er war nun hier und musste sehen, dass er irgendwie zu Menschen kam oder wenigstens einen Unterschlupf fand. Obwohl es noch Morgen war, brannte die Sonne schon heiß von einem wolkenlosen Himmel herab. Göndi sah sich um, eine schnurgerade Straße führte irgendwohin in die Ferne, in welche Richtung er ging, schien ganz egal zu sein. Die Felder links und rechts der Straße sahen alle gleich aus.

Göndi lief langsam los, hier konnte er nicht bleiben, er brauchte die Nähe von Menschen. Der Asphalt brannte unter seinen Pfoten, er wechselte auf den Randstreifen. Das trockene Gras schnitt ihm schmerzhaft in die empfindlichen Ballen. Das war also auch nicht viel besser. Wie machten das nur andere Hunde? Er konnte ja nicht wissen, dass er an die ebenen, glatten Wege der Stadt gewöhnt war, die er immer mit Zoltan entlang spazierte und an das weiche, immer kurzgeschnittene Gras des Gartens. Sein leerer Magen knurrte vernehmlich, wann hatte er das letzte Mal etwas zu fressen bekommen? Das war, als Aneska und György ihm Brote brachten. Wo sollte er hier in dieser Einöde jemanden finden, der ihm was zu fressen gab? Hierbleiben war also keine Lösung.

Göndi lief und lief, bis die Pfoten unter ihm wegknickten und er sich nur noch ins Gras am Straßenrand schleppen konnte. Dann wurde es dunkel um ihn herum.

Das Auto, das gemächlich die sonnendurchglühte Straße entlang fuhr, hörte der kleine Hund nicht mehr. Beinahe wäre es an ihm vorbeigefahren, hätte die Frau, die hinter dem Steuer saß, nicht ein Auge dafür gehabt, dass etwas dort lag, was da nicht hingehörte. Ein heller Fleck fiel ihr auf und sie zögerte keinen Augenblick. Das Auto hielt, die Frau stieg aus und betrachtete das reglose Fellbündel.

Sie beugte sich hinunter und spürte, dass noch etwas Leben in dem kleinen Körper zu sein schien. Vorsichtig hob sie das Tier hoch. Ein Hund, so viel konnte sie erkennen. In diesem Moment kam er zu sich, zappelte und befreite sich aus ihrem Griff.

«Hallo, mein Kleiner», lockte sie ihn mit leiser, warmer Stimme, «wo willst du denn hin? Bleib hier, ich hole dir erst mal was zum Trinken. Du siehst aus, als hättest du großen Durst. Warte, lauf nicht weg!»

Göndi staunte, wo kam die Frau her? War sie die Rettung, auf die er schon nicht mehr zu hoffen gewagt hatte? Da kam sie auch schon wieder, eine Plastikschüssel mit Wasser hielt sie in der Hand und stellte sie vor Göndi hin. Der stürzte sich sofort darauf. Kühles, frisches Wasser, wie köstlich das schmeckte. Im Feuereifer, seine ausgedörrte Kehle anzufeuchten, merkte Göndi nicht, wie die Frau ihm ein Halsband überstreifte. Erst als er den Kopf hob, sah er die Leine und erstarrte vor Angst. Doch die Frau hockte sich neben ihn und streichelte ihn sanft.

«Es ist doch nur, damit du nicht davonläufst und hier in der Puszta verdurstest und verhungerst. Hör zu, Kleiner, ich nehme dich jetzt im Auto mit. Wir fahren zu mir und dort bekommst du auch etwas Feines zu fressen. Du bist doch sicher ganz ausgehungert, oder? Nun komm, hab keine Angst, ich will dir nichts Böses.»

So erschöpft und hungrig wie er war, blieb Göndi nichts anderes übrig, als der Frau zu vertrauen. Gehorsam stieg er in den Wagen, der voller seltsamer Dinge war und legte sich hin. Die Fahrt dauerte nicht lange, da hielt das Auto an, ein Gittertor quietschte, die Frau stieg wieder ein und hielt wieder. Lautes Hundegebell empfing sie. Verwundert schaute Göndi sich um. Da wuselten eine Menge Hunde jeglicher Art und Größe herum und alle begrüßten freudig die Frau, die ihn mitgenommen hatte. Sie verteilte großzügig Futter und kam dann zurück, um Göndi aus dem Auto zu befreien. In einem Haus ließ sie ihn von der Leine und stellte ihm eine Schüssel mit Fressen hin, dass er ohne zu zögern verschlang. Ein fremder Mann kam aus einem Nebenraum und Göndi schrak wieder zusammen.

«Na, sieht so aus, als hättest du mal wieder unterwegs so ein armes ausgesetztes Würstchen aufgesammelt. Da hat dieser Kleine aber Glück gehabt. Soll ich ihn untersuchen? Wir wollen ja nicht, dass er uns irgendwelche Krankheiten hereinschleppt.»

«Ja, tu das bitte», meinte die Frau, «aber sei behutsam, der Hund ist total verängstigt.»

Göndi wurde auf einen Tisch gehoben, sanfte Hände tasteten ihn ab, sahen ihm ins Maul, in die Ohren, strichen durchs Fell.

Dann hob ihn der Mann wieder herunter und kraulte ihn zwischen den Ohren.

«Der scheint, so weit ich es auf den ersten Blick begutachten kann, gesund zu sein. Aber wir sollten ihn erstmal einzeln halten, bis der Tierarzt ihn genauer untersucht hat. Besucht der uns in der kommenden Woche?»

«Ja, wenn wieder der nächste Transport nach Deutschland bevorsteht.»

Göndi verstand nichts von dem, was die Menschen redeten. Er war auf einmal müde, unendlich müde und wollte nur noch schlafen. Er merkte schon nicht mehr, dass die Frau ihn aufhob, in einen Zwinger brachte und ihn auf einer Decke ablegte. Als er am nächsten Morgen erwachte, sah eine nette kleine Hündin mit schwarzem, gelocktem Fell zu ihm hin.

«Na, du», meinte sie fröhlich, «wo kommst du denn her?»

«Von Zoltan», antwortete Göndi, «aber sag mir lieber, wo ich hier bin? Ich will nach Hause zurück!»

«Hier mein Lieber, bist du im Tierheim, wo alle die landen, die niemand will, die kein Zuhause mehr haben oder die, die bisher auf der Straße lebten.»

«Aber dazu gehöre ich doch nicht», wollte Göndi antworten, da fiel ihm ein, dass auch er nun heimatlos geworden war.

So war er dageblieben, in diesem Tierheim, irgendwo in der Weite Ungarns. Wie lange, das wusste er nicht, nur, dass er mehr als einen heißen Sommer, einen eisigen Winter, ein überbordendes Frühjahr und den stürmischen Herbst hier erlebt hatte, daran erinnerte er sich, trotz der Gleichförmigkeit seiner Tage.

Jetzt, nachdem sogar Oli und Boli ein Zuhause gefunden hatten, gab es für ihn keine Hoffnung mehr. Er resignierte, so wie Mirko, der ahnte, dass er sein Hundeleben hier, hinter den Gitterstäben des Tierheimes beschließen würde. Göndi legte seinen Kopf müde auf die Vorderpfoten. Er wollte nur noch in Ruhe gelassen werden, seine Augen schließen und von Zoltan träumen. Diese Träume waren alles, was ihm geblieben war. Er ignorierte die Schritte, die näherkamen, ließ das Streicheln über sich ergehen und rührte sich nicht. Wozu das alles, es hatte doch keinen Sinn mehr.

«Na sag mal, kleiner Göndi», die warme vertraute Stimme der Leiterin drang an sein Ohr, «willst du gar nicht wissen, dass es endlich jemanden gibt in Deutschland, der dir ein Zuhause anbietet?»

Göndi stellte die Ohren auf. Was hatte die Frau gesagt? Es gäbe jemanden, der ihn, Göndi, haben wollte?

«Nun komm schon Kleiner, es gibt noch viel zu tun, ehe du dein Köfferchen packen darfst. Wach auf und komm mit!»

Was war das? Köfferchen packen? Das Stichwort, auf das alle Hunde hier im Heim so sehnsüchtig warteten? Er sprang auf, hüpfte hinter der Frau her, die Leine und Halsband locker in der Hand hielt.

«Das brauche ich bei dir wohl nicht», lachte sie, «du kommst freiwillig mit. Hast du etwa verstanden, was jetzt mit dir passiert?»

Und ob Göndi es verstanden hatte. In seinem Kopf war nur noch Raum für einen Gedanken, es gab ein Zuhause für ihn.

Er würde ein richtiges Zuhause haben, bei jemandem, den er lieben durfte. Vielleicht so jemanden wie Zoltan.

Geduldig ließ Göndi alles über sich ergehen, was jetzt notwendig war. Ein Pieks, der nicht besonders weh tat, aber ohne den er nicht nach Deutschland durfte, wie der Arzt erklärte. Komisches bitteres Zeug, Tabletten genannt, musste er schlucken und kurz danach kam er kaum schnell genug ins Freie, um sich erleichtern zu können. Der Arzt untersuchte ihn gründlich, es war nicht immer angenehm, was er tat, doch so richtig schmerzhaft war es auch nicht. Er wurde gewogen, gemessen und alles in ein kleines Heft eingetragen. Dann hob ihn der Arzt vom Tisch und wandte sich an die Heimleiterin.

«So, dieser kleine Kerl ist rundum gesund, könnte ein bisschen mehr auf den Rippen haben, aber sonst ist alles in Ordnung. Seine neuen Besitzer können sich freuen. Selten habe ich ein so geduldiges und freundliches Kerlchen gesehen, wie ihn.»

Göndi hörte zu und bekam heiße Ohren, bei so viel Lob. Dann nahm die Frau ihn mit und brachte ihn in einen Raum, in dem schon etliche Hunde hockten. Göndi setzte sich still dazu und spürte auf einmal, wie ihn jemand anstupste. Er drehte sich um.

«Mirko, was machst du denn hier?»

«Stell dir vor, ein Wunder ist geschehen», *Mirko strahlte über sein ganzes liebes Schäferhundgesicht,* «es gibt eine Frau, die hat sich in letzter Minute entschlossen, mich zu sich zu holen. Ich darf hier raus, ist das nicht einfach großartig?»

Und wie Göndi sich mit seinem Freund freute. Mirko hatte es so sehr verdient, seine letzten Jahre in Freiheit zu verbringen.

Vor Aufregung und Vorfreude schliefen die beiden in dieser letzten Nacht im Tierheim kaum. Am nächsten Morgen, sehr früh, kam ein großes Auto an und die Hunde wurden einer nach dem anderen in die Transportboxen verladen. Sie waren eng und es war beinahe dunkel darin, doch das alles ertrug Göndi geduldig. Er wusste, jetzt, genau jetzt begann die lange Reise nach Norden, zu seinem neuen Zuhause...

15. Kapitel

3. Oktober 2015, ein unendlich langer Tag...

Der dritte Oktober, hier in Deutschland war er seit Jahren ein Feiertag, zeigte sich in seiner schönsten herbstlichen Pracht. Die Sonne strahlte den lieben langen Tag auf die vielen Menschen, die diesen freien Tag gern dazu nutzen wollten, die zahlreichen Herbstmärkte zu besuchen, am Strand entlang zu flanieren oder vor den Cafés in der Sonne zu sitzen.

Mir stand nach alldem nicht der Sinn, mochten die Freundinnen auch noch so sehr davon schwärmen, wie schön es draußen sei. Was wir alles gemeinsam unternehmen könnten, hielten sie mir vor und versuchten, mich aus dem Haus zu locken.

«Seid mir bitte nicht böse», beschwichtigte ich sie, «ich bin viel zu aufgeregt dafür, mit euch unterwegs zu sein. Morgen darf ich endlich meinen neuen Hund abholen. Er kommt mit einem Transport aus Ungarn und ich warte sehnsüchtig auf ihn. Das versteht ihr doch sicher?»

Die Freundinnen zeigten Verständnis und brachen ohne mich auf. Immer wieder fand ich mich vor dem Computer, auf der Seite des Hundevereins und verfolgte gespannt die Aktivitäten des Teams, das in Ungarn die Hunde abholen sollte. Jede noch so kleine Einzelheit saugte ich auf, suchte nach einem Zeichen, dass Göndi auch wirklich dabei wäre und dass es ihm gut ginge.

Dann wieder sprang ich auf, lief in den Garten und setzte mich an Leos Grab. Ihm erzählte ich von meiner großen Freude, meinen Ängsten und Bedenken und von der Hoffnung, dass Göndi tatsächlich der Richtige wäre. Ganz allmählich beruhigte ich mich. Weil das Wetter dazu einlud, begab ich mich zu Fuß in einen nahegelegenen Wald. Das Rascheln der bunten Blätter und das Halbdunkel unter den Bäumen besänftigten meine Sinne. Ich versuchte, mich in den Hund hineinzuversetzen, der jetzt in einer engen Transportbox eingesperrt, mit über zwanzig anderen Hunden, in einem großen Wagen auf der Autobahn in Richtung Norden unterwegs war. Wie mochte er sich fühlen? Hatte er Angst? Ahnte er, dass der Weg ihn zu mir, in sein neues Heim führen würde? Konnte er bei all dem Krach und Gerüttel unterwegs, wenigstens ein bisschen schlafen? Oder war ihm schlecht von der unvermeidlichen Rüttelei und wie ging es ihm mit dem Gejaule und Gejammer der anderen Hunde?

Fragen über Fragen, die mir niemand beantworten konnte. Ich horchte tief in mich hinein, glaubte, eine Beklommenheit zu spüren, die vielleicht von Göndi stammen könnte. Konnte es so etwas geben? War eine derartig enge Verbindung zwischen zwei Lebewesen möglich? An solche esoterischen Dinge glaubte ich eigentlich nicht und doch fühlte es sich echt und wahrhaftig an. Tief in Gedanken versunken ging ich nach Hause. Dort saß ich dann, mit einer Tasse Kaffee in den Händen und mit der Seele bei Göndi, unterwegs, irgendwo, auf dem Weg zu mir.

«Wem sollte es schaden», sagte ich mir mitten in all der Grübelei, «wenn ich in Gedanken bei Göndi sein darf, ihn trösten und ihm versichern kann, dass er bald, hier bei mir ist.

Dass er bei mir in liebevolle Hände kommt, kann ich ihm das nicht zuflüstern? Warum sollte ich es dann nicht versuchen?»

Es wurde langsam Abend, ich war nicht hungrig. Nach Essen war mir nicht zumute, ich sah nur noch einmal nach, wo sich das Transportteam gerade befand und legte mich auf mein Bett. Ich schloss die Augen und stellte mir in Gedanken vor, ich wäre bei Göndi, neben ihm und nähme ihn sanft in meine Arme. Behutsam streichelte ich den aufgeregten Hund, spürte sein Hecheln, den viel zu schnellen Atem, das heftige Herzklopfen.

Irgendwann spürte ich, wie er ruhiger wurde. Doch ehe er einschlafen konnte, hielt der Wagen, Türen klapperten, einer der Begleiter kam nach hinten, wo die vielen Transportboxen untergebracht waren. In der untersten Reihe öffnete sich eine Tür und Göndi ahnte, dass es Mirko sein musste, der nun nach draußen gebracht wurde. Er bellte leise ein «Machs gut und viel Glück», ein kurzes Jaulen kam als Abschied von seinem alten Freund « Du auch, pass auf dich auf». Dann schloss sich die Tür, der Motor sprang wieder an und Göndi war wieder allein unter all den Hunden, die um ihn herum in den Boxen lagen und darauf warteten, von neuen Leuten abgeholt zu werden.

Ob ich das mitempfand, oder einfach nur träumte, wusste ich nicht, es war mir auch egal. Ich blieb in Gedanken weiter bei Göndi, fiel immer wieder in einen unruhigen Schlummer, in dem ich meinen neuen Gefährten auf seiner langen Reise zu mir begleitete.

Ich nahm ihn in Gedanken in den Arm, kraulte ihm sein struppiges Fell und leise flüsterte ich ihm zu, was ihn bei mir alles erwartete und welch ein wunderbares Leben wir beide miteinander haben würden. Ganz allmählich spürte ich, wie Göndi ruhiger wurde, und irgendwann schlummerten wir beide ein, träumten davon, wie das Leben sein würde... mit uns...gemeinsam...zu zweit... nie mehr allein...

16. Kapitel

4. Oktober 2015, eine unendlich lange Fahrt...

Endlich war es so weit, ein Hund nach dem anderen wurde in den großen Wagen gebracht und dort in einer ziemlich engen Transportbox untergebracht. Über und nebeneinander stapelten sich die Reihen dieser Boxen, weil es dieses Mal eine Menge Hunde gab, die nach Deutschland gebracht werden sollten. Göndi legte sich in seiner Transportbox so bequem hin, wie es ihm nur möglich war. Wie lange es dauern könnte, bis er endlich sein neues Zuhause erreichte, das ahnte er nicht.

Die Unruhe der anderen Hunde um ihn herum legte sich allmählich, nur das gleichmäßige Brummen des Motors war zu hören und die meisten Hunde schliefen schnell ein. Göndi versuchte zu ergründen, wo Mirko untergebracht war und rief leise nach ihm. Doch die Antwort kam zu undeutlich, sein Freund war irgendwo unter ihm, vielleicht auf der anderen Seite des Wagens. Das war sehr schade, fand Göndi, sie hätten sich gegenseitig Mut zusprechen können, denn die Angst vor dem, was an Unbekanntem auf ihn zukommen würde, hielt ihn fest in ihren Klauen. Er kam lange nicht zur Ruhe.

Manchmal glaubte er, die schrille Stimme von Zoltans Frau wieder zu hören, wie sie ihn einen dreckigen Köter nannte. Dann vernahm er leise Musik und meinte, wieder bei Zoltan neben *dem Klavier zu sitzen und ihm zuzuhören, wie er auf dem Instrument perlende Melodien spielte. Doch irgendwann fiel auch Göndi in einen unruhigen Schlaf.*

Das Knarren der sich öffnenden Autotür weckte ihn. Jemand betrat den Transportraum. Göndi horchte angestrengt. Von draußen drang helles Sonnenlicht bis in seine Box und er konnte erkennen, dass es zwei Männer waren, mit Papieren in den Händen, die sich laut unterhielten. Er hielt den Atem an, was oder wen konnten sie suchen? Die Männer schauten in jede Box, verglichen ihr Papier mit dem Zettel, der an jeder Box hing, und machten dann ein Zeichen darauf.

Endlich fuhr der Wagen weiter, ein kurzes Stück, ehe er wieder anhielt. Zwei Frauen kamen und öffneten eine Box nach der anderen. Sie holten jeweils vier Hunde heraus und brachten sie nach kurzer Zeit wieder zurück. Als Göndi an der Reihe war, ahnte er, was das zu bedeuten hatte. Die Hunde sollten sich erleichtern können und bekamen frisches Wasser zu trinken. Dann ging die Fahrt weiter. Erneut ein Stopp. Dieses Mal waren es nur zwei Hunde, die nach draußen durften, und man vernahm eindeutige menschliche Freudenschreie.

Beim nächsten Halt wusste Göndi schon, dass auch jetzt einige Hunde an ihre neuen Menschen übergeben wurde. Dass jetzt auch Mirko dabei war, ahnte er nicht. Erst als ein kurzes Abschiedsgebell zu ihm in die Box drang, dass eindeutig von Mirko stammte, wusste er, sein Freund hatte es geschafft und wünschte ihm viel Glück in seinem neuen Leben und seinem neuen Zuhause, dann war er wieder allein, allein unter all den anderen Hunden...

Göndi versuchte zu schlafen, doch das Gerüttel und das Jammern mancher Gefährten, die sich aus Angst vor dem Ungewissen übergeben mussten, ließ auch ihn nicht zur Ruhe kommen.

Immer wieder hielt der Transporter, doch Göndi blieb zurück. Er war wieder nicht unter den glücklichen Artgenossen, die aussteigen durften. Einige Male holte einer der Begleiter ihn, legte ihm eine Leine um und führte ihn kurz nach draußen, wo er sich erleichtern sollte. Doch jedes Mal musste Göndi wieder zurück in den Wagen, der nach Urin und Erbrochenem roch und in seine enge Box.

Immer, wenn der Wagen hielt, lauschte der verängstigte Hund, ob sich jemand näherte, der ihn aus der Box holen und in die Arme eines Menschen legen würde. Doch jedes Mal wurde er enttäuscht. Immer waren es andere Hunde, die begeistert empfangen wurden, wie Göndi es aus den entzückten Rufen der Menschen und dem freudigen Aufjaulen seiner Kameraden heraushörte.

Langsam stieg eine unkontrollierbare Angst in ihm hoch, als sich um ihn herum immer mehr Transportboxen leerten. Er fühlte sich allein, verlassen und sein Herz schlug ihm bis zum Hals. Was würde nur mit ihm geschehen? Wann würde auch er endgültig aussteigen dürfen, wo wartete sein Mensch auf ihn. Schmiss man ihn am Ende der Fahrt auch einfach aus dem Auto, weil niemand ihn wollte? Verzweifelt warf er sich gegen die Tür der Box. Sie öffnete sich nicht. Er versuchte es ein weiteres Mal. Alles, was er davon hatte, war eine schmerzende Schulter und seine empfindliche Nase bekam einen ordentlichen Stoß ab.

Entmutigt legte er sich hin, so gut es ihm in der Enge möglich war und schloss ergeben seine Augen. Doch kein Traum von Zoltan wollte sich einstellen, um ihn in eine schönere Welt zu entführen.

Mitten in all seinem Kummer glaubte er, auf einmal sanfte Hände zu spüren, die ihn behutsam streichelten, eine leise, ruhige Stimme, die ihm tröstende Worte zuflüsterte und zwei warme, weiche Arme, in die er sich erleichtert schmiegte und endlich, endlich schlief er ein...

17. Kapitel

4. Oktober 2015, am Morgen, alles wird gut ...

Viel zu früh wurde ich wach, eilte zum Computer und schaute nach, wo sich der Hundetransport jetzt gerade befand. In diesem Moment vibrierte mein Handy, war es der versprochene Anruf von unterwegs? Ich hob schnell ab, mein Herz klopfte rasend vor Aufregung. Tatsächlich, der Leiter des Transportes meldete sich.

«Guten Morgen, wir sind im Moment in Hamburg, machen eine kurze Kaffeepause und werden aller Voraussicht nach in etwa zwei Stunden in Schleswig sein. Ihrem Hund geht es gut, erstaunlich gut, er ist ruhig und hat sogar geschlafen. Bis später dann...»

Schon hatte er wieder aufgelegt, ehe ich ihn noch etwas fragen konnte.

«Noch zwei Stunden», dachte ich voller Glück, «endlich, nur noch zwei Stunden, dann ist Göndi bei mir».

Ich zwang mich, nicht ständig auf die Uhr zu schauen, erledigte die üblichen morgendlichen Verrichtungen und war mit den Gedanken doch andauernd bei Göndi. An ein Frühstück war nicht zu denken, nur eine Tasse Kaffee stürzte ich hinunter, ohne zu schmecken, was ich da eigentlich trank. Unruhig lief ich durch die Wohnung, sah zum tausendsten Mal nach, ob alles für Göndi bereit sei. Doch die Zeit wollte und wollte einfach nicht vergehen. Eine Stunde nach dem Anruf hielt es mich nicht mehr im Haus. Ich setzte mich in mein Auto und fuhr durch die schöne Angeliter Landschaft zur Schlei, bis in die Nähe von Schleswig. Hier wohnte die Leiterin des Hundevereins und hier war auch die Endstation des Hundetransportes. Hier sollte ich meinen Hund in Empfang nehmen. Noch war es still um das Haus, keine Spur vom Vereinsauto, mit dem Göndi ankommen sollte, war zu sehen.

Ich stellte meinen Wagen auf den Parkplatz, blieb drinnen sitzen und wartete. Noch nie waren für mich die Minuten so langsam vergangen.

Es war ein früher Sonntagmorgen, kaum Verkehr auf den Straßen und so hörte ich den Transporter, ehe ich ihn sah. Er bog langsam auf das Grundstück ein und ich stieg rasch aus meinem Auto. So aufgeregt war ich schon lange nicht mehr. Mein Herz klopfte bis zum Hals.

Jetzt, in wenigen Sekunden, würde ich wirklich wissen, ob ich mir den richtigen Hund ausgesucht hatte oder... mir fiel ein, dass ich überhaupt nicht über eine Alternative nachgedacht hatte. Was würde ich machen, wenn ich feststellen musste, dass dieser Göndi nicht der Hund war, der zu mir passte, oder, schlimmer noch, dass der Hund mich nicht mochte, Angst vor mir hatte oder mich anknurrte? Ja, was dann? Was mir in dieser kurzen Zeit durch den Kopf raste, waren Horrorvorstellungen, überlagert von Hoffnungsblitzen.

Dann war es so weit, ich schob alle negativen Gedanken weit von mir, war nur noch pure Erwartung.

Die Tür des Wagens öffnete sich, eine Frau stieg aus, nickte mir nur kurz zu und schob dann die Seitentür des Transporters auf. Sie stieg hinein, öffnete eine Box und kam mit einem Hund an der Leine wieder heraus.

Mir blieb beinahe das Herz stehen, Göndi, denn es konnte nur Göndi sein, sah so klein und schutzbedürftig aus, als er vom Wagen auf den Boden sprang. Ein grau-beiges, struppiges Etwas, das mir entgegenkam... ich vergaß zu atmen...

Was aber dann geschah, werde ich niemals, nie im Leben wieder vergessen. Ich hatte zwar gelesen, dass es Hunde gäbe, die direkt vom Transporter ihren neuen Menschen gleich in die Arme hüpften, aber das käme eher selten vor. Die meisten Hunde wären vom langen, anstrengenden Transport einfach nur erschöpft. Und genau darauf hatte ich mich vorbereitet, auf ein müdes, verängstigtes Wesen, das nicht wusste, was um es herum vorging.

Also blieb ich in ein paar Meter Entfernung stehen, um Göndi erst einmal Zeit zum Aussteigen zu geben. Dann hockte ich mich hin, um weniger groß und vielleicht auch weniger bedrohlich auf ihn zu wirken. Die Vereinsleiterin bückte sich und machte Göndis Leine los. Ich hielt den Atem an... wartete...

Mit dem, was dann geschah, hätte ich niemals gerechnet, nie im Leben. Es war ein Wunder und wurde der überraschendste, eindrucksvollste, zauberhafteste Moment meines Lebens.

Göndi kam ohne zu zögern auf mich zu, als wüsste er genau, wer ich war, stellte seine Vorderpfoten auf mein angewinkeltes Knie, schmiegte sich ganz dicht an mich und gab mir einen feuchten, zärtlichen Schlaps über mein Gesicht.

Ich wagte kaum, mich zu rühren, wollte den einzigartigen Zauber dieses Momentes nicht zerstören. Fassungslos berührte ich vorsichtig den kleinen, mageren Hundekörper und er hielt still, ganz still.

Konnte das wahr sein? Welch ein Vertrauen zeigte mir dieses kleine Fellbündel, das mich doch überhaupt nicht kannte. Ich streichelte Göndi sanft, zutiefst berührt von dieser Hundeseele, die ihr kleines Leben mir so bedenkenlos anvertraute.

Einen langen, seligen, unvergesslichen Augenblick verharrten wir so, aneinander gekuschelt, einander spürend, in einem einzigartigen Gleichklang. Ich wünschte mir, so verweilen zu dürfen, als würde es nie, nie enden.

Irgendwann überwog in mir die Vernunft. Ich erhob mich, vorsichtig, um Göndi nicht doch noch zu erschrecken. Dann bedankte mich bei der Vereinsleiterin, legte Göndi wieder die Leine um, eine reine Vorsichtsmaßnahme und ging langsam mit ihm zu meinem Auto.

Dort gab ich ihm erst einmal ein wenig Wasser, das er gern annahm. Dann, so dachte ich mir, dass ihm etwas Bewegung nach der langen Zeit, die er unterwegs in der engen Box verbringen musste, bestimmt guttäte. Langsam spazierten wir den menschenleeren Fahrradweg zur Schlei hinunter. Ich ließ Göndi herumschnüffeln, so viel er wollte, bis er mich anschaute und sich umdrehte. Er wollte zurück, schien er mir zu sagen. Wie schön, dass wir uns bereits ohne Worte verstanden.

Göndi zögerte kurz, als ich ihm einladend die Seitentür meines Autos aufhielt, dann sprang er hinein und setzte sich auf die Rückbank. Immer wieder sah ich im Rückspiegel nach ihm, auf der Fahrt nach Hause. Er saß ganz ruhig da, ein wenig steif, angespannt. Er konnte ja nicht wissen, wohin es nun ging.

In mir aber leuchtete es immer noch voller Seligkeit. Mit Göndi schien ich das Glück gefunden zu haben. So hatte ich mir das erste Treffen nicht vorgestellt. Mit allem hatte ich gerechnet, mit einem verängstigten, zitternden Wesen, mit einem Hund, der alles gleichgültig über sich ergehen lässt, ja sogar mit einem Angstbeißer. Aber das?

Dieses Erlebnis, dieses grenzenlose Vertrauen in mich, die er doch gar nicht kannte, das hatte ich mir nicht vorstellen können. Auf einmal sah die Welt für mich wieder strahlend schön und bunt aus, und das verdankte ich Göndi.

Hätte ich Flügel gehabt, ich wäre mit ihm auf den Armen nach Hause geschwebt. So aber, im realen Leben, mussten wir ganz profan die Straße nehmen.

Zu Hause war alles neu, alles ungewohnt für meinen neuen Gefährten. Tapfer stieg er aus dem Auto, das ihm wohl doch etwas Angst gemacht hatte und ging die wenigen Schritte bis zur Haustür neben mir her. Neugierig sah er sich im Flur um, schnupperte vorsichtig und folgte mir ins Wohnzimmer.

In der angrenzenden Küche bereitete ich ihm sein Futter zu, zunächst nur wenig, um ihn nicht zu überfordern. Dann rief ich ihn. Er schaute um die Ecke, schnüffelte, leckte sich sein Maul und kam langsam in die Ecke, in der sein Futternapf stand. Fragend sah er mich an und ich deutete auf das Futter. Er probierte, es schien ihm zu schmecken und bald war der Napf leer.

Ich ging zurück ins Wohnzimmer und lockte Göndi zu mir, klopfte auf den Platz neben mir auf dem Sofa. Der Kleine war sichtlich ratlos, vielleicht kannte er so etwas nicht. Also begab ich mich auf sein Teppich-Niveau und er warf sich erneut in meine Arme, kuschelte sich eng an mich. Fragend schauten mich seine braunen Hundeaugen an, aufgeregt pochte sein kleines Hundeherz. Sanftes Streicheln, leises Reden, inniger Körperkontakt, das beruhigte ihn und mich auch.

So sind wir beide, müde von den aufregenden Erlebnissen, eng aneinander gekuschelt, ein wenig eingeschlummert...

18. Kapitel

4. Oktober 2015, ein Wunder für Göndi...

Göndi schreckte hoch, aus einem viel zu kurzen Schlaf. Der Transporter hielt schon wieder. Ob er wohl dieses Mal abgeholt würde? Es dauerte es länger als die Male vorher, es duftete nach Kaffee und der Mann holte ihn endlich aus der Box. Nach einem Zuhause sah es aber wieder nicht aus, nur ein großer Platz, auf dem andere Autos standen, ein paar Büsche daneben, an denen er schnell das Bein heben durfte, dann musste er wieder in die Transportbox. In dem Wagen roch es inzwischen alles andere als angenehm.

Einige Hunde hatten es nicht so lange ausgehalten und unter sich gemacht, manche auch erbrochen. Das Schlimmste hatten die Fahrer beseitigt, doch der Geruch war leider immer noch da. Ein paar Hundekekse, die Göndi angeboten wurden, nahm er nicht an. Er hoffte, beim nächsten Halt würde diese lange Fahrt endlich auch für ihn enden, denn er bemerkte, als er sich umsah, dass außer ihm nur noch zwei andere Hunde an Bord waren.

Er versuchte, ein wenig zu dösen, sich an die Stimme und die Hände zu erinnern, die ihn in der Nacht so liebevoll getröstet hatten. Doch ehe er sich in seine Träume flüchten konnte, hielt der Wagen erneut und wieder blieb Göndi allein zurück.

Alle Hunde hatten inzwischen ihre Menschen gefunden, nur er nicht. Warum nur nicht? Wie lange würde diese Fahrt noch dauern? Irgendwann spürte Göndi, wie der Transporter auf eine andere, unebenere Straße abbog und schöpfte wieder ein wenig Hoffnung.

Bald hielt der Wagen, der Motor erstarb. Es wurde ganz still. Angst und Hoffnung stiegen in Göndi auf, er wagte nicht, hochzuschauen. Noch eine Enttäuschung verkraftete er nicht. Doch da, die Schiebetür bewegte sich zur Seite und eine Frau kam und... und sie öffnete... seine Box. Die Leine, die sie ihm umlegte, spürte er kaum. Sie hob ihn herunter, führte ihn über die Stufe aus dem Auto ... und dann, ja dann sah er sie...

Er fühlte es, nein, er wusste es, sogar auf diese Entfernung, dass dort die Stimme, die Hände, die Arme auf ihn warteten, die ihn in der langen Nacht begleitet hatten. Konnte das wahr sein? Wie in Trance ging er auf die Frau zu, die sich hingekniet hatte, um ihn in ihre Arme zu schließen.

Göndi zögerte nicht eine Sekunde, er warf sich ihr entgegen, drückte sich fest an sie und schlapste ihr über das Gesicht. Ganz tief sog er ihren Duft ein, der von Liebe und Vertrauen kündete. Ihre Hände streichelten ihn sanft und zärtlich und dieses Mal war es Wirklichkeit.

Für Göndi hätte dieser Augenblick eine Ewigkeit andauern können. Er wusste, er war angekommen, sie war sein Mensch, sie war sein Zuhause, bei ihr würde ihm niemals etwas Böses widerfahren.

Sie sprach leise mit ihm, er verstand die Worte nicht, aber sein Herz wusste, was sie ihm sagen wollte. Ohne einen Blick zurück, folgte er ihr zu einem kleinen Auto. Eigentlich hatte er großen Durst und müsste dringend zu den Büschen, die am Straßenrand wuchsen, doch er wagte nicht, sich auch nur ein winziges Stück von ihr fortzubewegen. Er wusste, dass er es nicht ertragen könnte, wenn sie ohne ihn wegfahren würde.

Aber es geschah ein neues Wunder. Die Frau schien genau zu wissen, wie ihm zumute war. Sie nahm eine kleine Schale, goss Wasser aus einer Flasche hinein und stellte sie Göndi vor die Nase. Dankbar schlappte er das erfrischende Nass auf. Dann befestigte sie die Leine an seinem Halsband und lief ein Stück mit ihm die Straße hinunter, immer an den Büschen entlang, ganz langsam. Er durfte schnuppern so viel er wollte, neue unbekannte Gerüche in sich aufnehmen und endlich war er so weit, sich zu lösen. Wieder sagte die Frau etwas und es höre sich wie ein freundliches Lob an. Irgendwann, so hoffte Göndi, würde er die Laute, die sie von sich gab, auch verstehen lernen.

Gemächlich gingen beide zum Auto zurück, sie öffnete die rückwärtige Tür und bedeutete Göndi, hineinzuspringen. Er vertraute ihr, doch ein ganz klein wenig Angst vor dem Auto, mischte sich in die große Freude, seinen Menschen gefunden zu haben. Bis jetzt hatte er wirklich keine guten Erfahrungen mit Autofahrten gemacht, und so zitterte er ein wenig, ob vor Angst oder vor Aufregung, wusste er selbst nicht.

Aber die Fahrt dauerte nicht lange und er war auch nicht mehr so eingeengt, wie in der Transportbox. Als der Wagen hielt, wartete er, bis die Frau ihm die Tür öffnete, dann sprang er hinaus. Bereitwillig folgte er ihr, sie schloss eine Haustür auf und er stand in seinem neuen Zuhause.

Noch war ihm alles darin fremd, doch es roch nach ihr und darum schon ein wenig vertraut. Zögernd folgte er ihr, als sie in die Küche ging, die viel kleiner war, als er es von Zoltan her kannte. Doch es roch auch hier gut. Die Frau nahm eine Schüssel, gab etwas hinein und stellte es ihm hin. Er sah fragend zu ihr auf und sie nickte und lächelte freundlich. Da erst spürte der kleine Hund, wie hungrig er war, im Nu war die Schüssel leer. Göndi schaute sich um, wo war die Frau geblieben?

Leise Lockrufe kamen aus dem Raum nebenan, er folgte ihnen. Dort saß sie auf einem Sofa, lächelte ihn an und klopfte neben sich auf das einladend aussehende weiche Polster. Göndi war verwirrt, bei Zoltan durfte er nie auf das Sofa oder einen der Sessel, das duldete seine Frau nicht. Aber hier, hier sollte er? Und wenn sie dann böse wurde? Nein, das wollte er lieber nicht riskieren. Er blieb auf dem Boden sitzen. Die Frau sah ihn verwundert an, verstand dann wohl, was er ihr sagen wollte, und kam zu ihm auf den Teppich.

Göndi freute sich, warf sich erneut in ihre Arme und fühlte ihr Herz stark und regelmäßig klopfen. Leise redete sie auf ihn ein, mit ruhigen Worten, die er nicht verstand, die seiner Seele aber vertraut erschienen. Sanft streichelte sie sein zerzaustes Fell und er ließ sich voller Vertrauen einfach in ihre Zärtlichkeit fallen. Sein kleines Hundeherz schlug bald im Einklang mit dem ihren und irgendwann schlummerten beide selig ein...

18. Kapitel

Seit dem 04. Oktober 2015, an der Ostsee, sind wir gemeinsam glücklich...

Es war schon Mittag, als wir aufwachten. Ich brauchte dringend eine Tasse Kaffee und Göndi schien auch wieder Hunger zu haben. Als wir beide unsere Bedürfnisse gestillt hatten, zeigte ich Göndi den Garten und den Teich, dessen Wasser als trinkbar anerkannt wurde. Er inspizierte alles ganz genau, schaute in jede Ecke, hinter jeden Busch. Bald entdeckte er auch den großen Stein, unter dem ich Leo, meinen treuen, tapferen Gefährten im letzten Jahr zum langen Schlaf gebettet hatte. In Gedanken sandte ich Leo meinen Dank dafür, dass er mir Göndi gesandt hatte, denn "als ich eine Hand suchte, fand ich Göndis Pfote". Bei Leo war es damals ganz anders, er verließ ein schreckliches "Zuhause" an meiner Hand, die er sich selbst ausgesucht hatte.

An diesem ersten Tag mit Göndi hatte ich schon festgestellt, dass vieles von seinem Verhalten mich sehr an Leo erinnerte. Trotzdem war er Göndi, er selbst, in all seiner lieben und vertrauensvollen Art. Welch einen Schatz ich mir mit ihm ins Haus geholt hatte, erkannte ich da noch nicht, dazu war vieles zu neu und zu aufregend für mich, aber auch für Göndi. Ich ließ ihn in aller Ruhe meine Wohnung erkunden, die Türen standen überall auf. Auf seine leise, vorsichtige Art begutachtete er sein neues Heim. Nur das Badezimmer betrat er freiwillig nicht und das blieb auch so, bis heute.

Nach einer kleinen Pause schien mir, als wäre Göndi bereit, mit mir seine nähere Umgebung zu erkunden. Mit Gesten verständigten wir uns schon recht gut. Die Handzeichen für «Sitz, Platz und Bleib» hatten wohl auch in Ungarn die gleiche Bedeutung.

Als ich mit Halsband und Leine kam, versteifte sich der kleine Hundekörper merklich. Ich redete Göndi beruhigend zu und zog mir selbst eine warme Jacke an. Das war für ihn anscheinend das Zeichen, dass wir gemeinsam ins Freie gehen würden und er entspannte sich sichtlich.

Der erste Nachmittagsspaziergang in der goldenen, immer noch warmen Oktobersonne verlief problemlos. Es sollte nur eine kurze Runde sein, zum Eingewöhnen und damit Göndi sich erleichtern konnte. Die Nachbarn, die ich von Göndis Ankunft unterrichtet hatte, waren natürlich neugierig, kamen zu uns und begrüßten ihn freundlich.

Die Glückwünsche ließ er ruhig und recht entspannt über sich ergehen. Überall machte er sofort einen guten Eindruck.

Dann begegnete uns der erste Hund und ich fragte mich, wie Göndi wohl auf ihn reagieren würde. Der große braune Rhodesien- Ridgeback war dafür bekannt, dass er andere Rüden nicht in seiner Nähe duldete.

Ich hielt den Atem an, wie würde Göndi reagieren? Er stand ganz ruhig da und ließ den wesentlich größeren Hund an sich herumschnuppern. Einen winzigen Moment sahen sie sich in die Augen, dann trat der Ridgeback zur Seite und beide Hunde liefen ein Stück des Weges entspannt nebeneinander her.

Diese erste Hundebegegnung verlief problemlos und ich war unendlich stolz darauf, wie Göndi diese Situation gemeistert hatte. Langsam spazierten wir zurück nach Hause, mit dem guten Gefühl, eine erste große Hürde im gemeinsamen Leben gemeistert zu haben.

Als ich dann unsere Haustür aufschloss und Göndi sich dort wiederfand, wo er sich zuvor schon wohlgefühlt hatte, drehte er sich mit leuchtenden Augen zu mir um und ein tiefer Seufzer der Erleichterung schüttelte seinen kleinen Körper.

Am Abend waren wir zwei im wahrsten Sinne des Wortes «hundemüde» von all dem Neuen, das auf uns eingestürmt war. Ich ging ins Bett, ließ aber die Schlafzimmertür auf. Göndi bevorzugte das ihm schon vertraute Wohnzimmer. Er schlief auf dem Teppich ein, dass extra für ihn gekaufte Hundekissen ignorierte er.

Vor dem Einschlafen ließ ich diesen ganz besonderen Tag noch einmal Revue passieren und konnte es immer noch nicht so recht glauben. Sollte sich dieser liebenswerte kleine Hund wirklich so problemlos in mein Leben einfügen? Welch ein unglaubliches, unerwartetes Glück das war. Mit einem Lächeln auf den Lippen schlief ich ein.

Der Montagmorgen brach an. Eigentlich hatte ich gut und tief geschlafen, aber was ich seltsam fand, von Göndi hörte ich gar nichts. Ob es ihm gutging? Wie er wohl geschlafen hatte in der ersten Nacht im neuen Zuhause? Es war merkwürdig still, kein Laut drang aus dem Wohnzimmer zu mir, obwohl ich die

Tür offengelassen hatte. Ich schwang die Beine aus dem Bett, da kam mir aus dem Wohnzimmer mein Göndi entgegen. Glücklich, dass alles doch kein Hundetraum gewesen war, begrüßte er mich überschwänglich, drückte sich an mich, leckte mir die Hand, und forderte mich vertrauensvoll auf, ihm das Bäuchlein zu kraulen.

Wie wunderbar fand ich es, so liebevoll und fröhlich am Morgen begrüßt zu werden, von einem Lebewesen, für das ich plötzlich wichtig geworden war.

Gerührt nahm ich Göndi in meine Arme, er schaute mir direkt ins Gesicht, in die Augen, so als müsse er sich davon überzeugen, dass es mich wirklich gab und er nicht plötzlich wieder im Tierheim in Ungarn erwachte.

An diesem ersten Morgen begann etwas, dass seitdem das Band zwischen uns jeden Morgen aufs Neue festigt.

Es ist unser Ritual. Göndi kommt zu mir, wenn er merkt, dass ich aufgewacht bin und sieht mir direkt ins Gesicht. Dann schmiegt er sich an mich, ich streichele ihn zärtlich und begrüße ihn immer mit den gleichen Worten:

«Guten Morgen, mein Göndi, es ist ein feiner guter Morgen für uns beide und ich hab dich sehr lieb!»

Er schaute mich an, als könne er es immer noch nicht so recht glauben, doch dann bedeutete er mir, dass er dringend nach draußen müsse.

«Stubenrein ist mein Hund also auch», dachte ich erleichtert, «mal sehen, was er noch für positive Überraschungen für mich bereit hält.»

Der erste Gassigang an diesem Tag verlief problemlos, Göndi bog auf dem Rückweg ohne Zögern in die richtige Richtung zu unserer Wohnung ein, ganz so, als wohne er schon lange hier. Unser Zuhause wurde von ihm freudig begrüßt. Sein Futter, wahrscheinlich ungewohnt, landete schnell, aber gesittet im Hundebauch. Mein Frühstück ignorierte er, zum Glück, denn betteln am Tisch, das gibt es bei mir nicht.

Göndi zeigte mir später, dass er sein Hundekissen angenommen hatte, einen weichen Ball, den ich ihm gab, beäugte er erst misstrauisch, aber dann kickten wir zwei fröhlich miteinander durch die Wohnung.

Viel Ausdauer hatte der Kleine noch nicht. Woher sollte das auch kommen. Müde machte er ein Schläfchen und ich ging leise in mein Arbeitszimmer. Dort schrieb ich auf, was wir beide schon miteinander alles erlebt hatten, in der kurzen Zeit, in der wir beisammen waren. Wie ich es ihr versprochen hatte, rief ich bei Göndis Vermittlerin an und berichtete davon, wie problemlos und zufriedenstellend der Transport verlaufen und wie gut ich mich mit Göndi bereits verstehen würde. Sie freute sich mit mir, das war ihr deutlich anzuhören.

Erst als ich auflegte, merkte ich, wie fröhlich jetzt meine Stimme klang, und im Spiegel sah mir auf einmal eine Frau entgegen, die ich kaum wiedererkannte, so sehr strahlte ihr das Glück aus den Augen. Es war, als schwebe ich. Alles um mich herum schien leuchtender, strahlender zu sein als zuvor. Mit Göndi kam mein Leben wieder zu mir, ein Leben, das mir so lange, viel zu lange, trist und grau erschienen war, kaum noch lebenswert.

Der Dienstag brach an und mich erwartete erneut eine glückliche Begrüßung am Morgen, die ich genauso wie gestern erwiderte. Davon würde ich wohl nie genug bekommen. Nach dem Frühstück und dem Gassigang hatte ich mir vorgenommen, meinen Göndi ein wenig zu verschönern. Sein Fell war zu lang und zu struppig, auch wenn er ihm seinen Namen verdankte. Die Schermaschine ließ ich noch in ihrer Schublade, mit ihrem Gebrumme wollte ich Göndi nicht erschrecken.

«Zuerst einmal bürsten, das ist vielleicht nicht ganz so unangenehm für ihn», dachte ich und erlebte schon wieder eine Überraschung. Kaum kam ich mit der Bürste in der Hand ins Wohnzimmer, da warf sich Göndi schwanzwedelnd auf den Rücken und ließ sich die verklebten Haare am Bauch völlig entspannt abschneiden. Das sanfte Bürsten genoss er sichtlich, wäre er eine Katze, würde er schnurren. Zur Belohnung gab es einen Knabberknochen, mit dem er sich auf sein Hundekissen zurückzog. Immer wieder versetzte der kleine Kerl mich in Staunen darüber, wie einfach das Zusammenleben mit ihm sich gestaltete. Er lernte schnell, war sehr bemüht, alles richtig zu machen, und blieb dabei immer freundlich und liebevoll. Manchmal konnte ich es nicht fassen, hatte ich tatsächlich so in den «Glückstopf» gegriffen? War Göndi wirklich ein Geschenk des Himmels, wie es den Anschein hatte? Gab es da doch noch irgendwo einen Haken an der Sache? Ich nahm mir vor, Göndi genau zu beobachten.

Dabei fiel mir auf, dass er bisher noch keinen Ton von sich gegeben hatte. Außer einem lauten Gähnen oder einem vergnügten Knurren beim Spiel mit mir, hörte ich nichts.

Das war mir nicht ganz unrecht, denn einen Kläffer konnte ich nicht brauchen. Erst nach zwei Wochen, als der Postbote an der Haustür läutete, sauste Göndi hin, laut bellend. Nach kurzem Lautgeben, war er auch schon wieder still, aber ich wusste nun, dass er eine schöne Tenorstimme hatte, kein quäkendes Gekläffe. Nun war mir aber auch klar, dass er unsere Wohnung als die seine angenommen hatte und fremde Leute verbellte.

Mit großer Verwunderung beobachtete ich Göndi und seine Reaktionen auf andere Hunde. Inzwischen waren wir schon einigen begegnet und er begrüßte sie alle vorsichtig aber freundlich. Das funktionierte und verlief fast immer recht friedlich. Göndi blieb einfach in einer Entfernung von etwa drei Metern stehen und gab mit wedelndem Schwanz das Signal, er wäre ein Freund. Dann wartete er die Reaktion des anderen Hundes ab. Wedelte der zurück, dann gingen die beiden ruhig aufeinander zu und beschnupperten sich. Manchmal liefen sie noch ein Stück nebeneinander her oder trennten sich friedlich.

Begeistert beobachtete ich Göndis diplomatische Fähigkeiten und freute mich noch mehr über ihn, wenn das noch möglich gewesen wäre. Dann kam die unvermeidbare Begegnung der besonderen Art.

Uns lief ein größerer Hund entgegen, der als unverträglich bekannt war und seine überforderte Halterin hinter sich her zog. Schon von weitem bellte er und knurrte in unserer Richtung. Ich hielt Göndi an der Leine, ließ ihm aber genug Raum, um weit an dem anderen vorbeizulaufen. Wie würde er dieses Mal reagieren. Ich beobachtete ihn gespannt.

Er blieb wie immer, ruhig stehen, wedelte freundlich und wartete. Der andere Hund zerrte an seiner Leine und fletschte die Zähne. Göndi sah ihn ein wenig «von oben herab» an, als wolle er sagen, «Wenn du nicht willst, dann eben nicht», drehte sich ganz ruhig weg und ging einfach seiner Wege. Sehenswert war das verblüffte Gesicht des anderen Hundes.

Ähnlich verlief die Begegnung mit einer Katze. Sie saß bewegungslos am Wegesrand. Göndi blieb stehen. Man starrte sich auf kurze Distanz an, Göndi war natürlich an der Leine. Als die Katze keine Anstalten machte, auf Göndi zuzugehen, zuckte er, bildlich gesehen, die Achseln und ging einfach weiter. Die Katze blieb sitzen und sah uns verdutzt hinterher.

Mit Katzen versteht Göndi sich, das weiß inzwischen auch Nachbarins Katze, die sogar mit ihm kuschelt. Er machte auch nie den Versuch, sie zu verjagen.

Der Donnerstag brach an und damit die nun schon obligate Morgenschmuserei, sie beglückte mich nach wie vor. Göndis Freude darüber zu sehen, dass ich auch nach einer langen, dunklen Nacht immer noch da war, überwältigte mich jedes Mal.

Aber heute war mir ein wenig mulmig, denn nachdem ich in den vergangenen drei Tagen Göndis Kot gesammelt hatte, stand nun um 10 Uhr der erste Tierarztbesuch an. Es würde dort Göndi nichts geschehen, nur der Chip sollte überprüft, der Impfausweis kontrolliert und mein neuer tierischer Gefährte in Augenschein genommen.

Die Fahrt zur Tierärztin meines Vertrauens, die sich nun schon um meinen dritten Hund in Folge kümmern wollte, war

Göndi unangenehm, Autofahren schien er nicht zu mögen. Das war schade, aber ich würde ihm und mir Zeit lassen, sich daran zu gewöhnen. Nur heute musste es sein, denn die Tierarztpraxis befand sich im Nachbarort.

In die Praxis marschierte Göndi ganz entspannt, begrüßte die Damen an der Rezeption freundlich und stellte sich sogar für einen kurzen, aber ausreichenden Moment auf die Waage. Knapp 9,5 Kilo wog der Kleine, das hatte ich auch so geschätzt. Es war für seine Größe aber etwas zu wenig. Das konnten wir mit Sicherheit ändern.

Unsere Tierärztin, eine warmherzige Blondine, war gleich von Göndi begeistert, meinte, dass er ja recht gut aussähe. Sie verglich den mitgebrachten Impfpass. Die Chipnummer passte und das Impfen wurde auch gelobt. Die erste Hürde hatten wir also geschafft. Sie wollte Göndi noch kurz untersuchen, aber ich sagte ihr, dass Göndi nicht gern irgendwo obendrauf steht, dass er Couch oder Ähnliches deshalb bis jetzt auch gemieden habe.

Und was machte die Tierärztin? Sie hockte sich zu ihm auf den Boden, streichelte ihn, horchte ihn kurz ab, schaute in die Ohren, maß die Temperatur und kämmte ihn ein wenig, denn es könnte ja sein, dass er Flöhe oder anderes Ungeziefer mitgebracht hätte. Aber zum Glück war das nicht der Fall. Alles schien in Ordnung. Göndi hielt ganz brav still und genoss das Belohnungskraulen der Tierärztin. Aber die angebotenen Leckerlis lehnte er ab.

Dann waren wir entlassen, mit der Auflage, Anfang November zu einer Blutuntersuchung zu kommen. Das war auch nicht schlimm, aber notwendig, um vielleicht verborgene Krankheiten aufzuspüren und im Falle, dass etwas gefunden würde, schnell etwas unternehmen zu können. Was war ich stolz auf meinen Göndi, der fröhlich aus der Praxis raus marschierte.

„Na", so schien er sagen zu wollen „siehst du, kein Grund zur Sorge. Auf mich kannst du dich verlassen!"

Wir stiegen ins Auto und Göndi machte sich sofort wieder ganz steif vor Angst. Was er nicht ahnen konnte, dass nun die Belohnung auf dem Fuße folgte, eine Fahrt zum Strand.

Ich war selbst gespannt, wie Göndis erste Begegnung mit der Ostsee ausfallen würde. Kannte er Wasser und kannte er sogar das Meer? An einem alten Gut vorbei, ging die Fahrt in den dazu gehörenden Wald. Dort, auf dem Parkplatz stellte ich das Auto ab, nahm Göndi an die Leine und ging mit ihm eine beliebte Hundelaufstrecke bis hinunter zur Ostsee. Gespannt wartete ich auf seine Reaktion. Und was machte Göndi? Er tat das, was er seit Tagen machte, wenn er mit mir draußen war, die Nase am Boden, alle Gerüche in sich hinein saugen, die "Hundezeitung" der vergangenen Tage lesen.

Ich führte ihn behutsam zu den Wellen, die sachte an den Strand rollen. Es war recht windstill, weit entfernt am Horizont sah ich die dänischen Inseln. Ich war so gerne hier, für mich sieht die Ostsee doch immer wieder anders aus, an jedem Tag! Was machte mein Schnuff? Ein kurzer Blick auf das Wasser, er fand es anscheinend uninteressant, dann wandte er sich wieder den Duftspuren zu, die ihm viel spannendere Dinge erzählten.

Leider hatte ich nicht an einen Fotoapparat gedacht, ich wollte Göndi unmittelbar erleben und nicht durch den Sucher einer Kamera.

Strandfotos, die würden wir nachholen, wenn es etwas besseres Wetter wäre, denn heute zeigten sich Himmel und Meer grau in grau.

Auf einmal hob Göndi den Kopf. Ein Hund kam auf uns zu, ohne Leine und es war ein Riese. Mir war etwas mulmig zumute, als ich die kleine, zierliche Frau sah, zu der dieser Riese offensichtlich gehörte. Sie winkte uns zu und deutete an, dass keine Gefahr drohte. Ich schaute mich rasch um, links neben mir war die Steilküste, rechts die Ostsee und dazwischen ein breiter Sandstrand. Rasch bückte ich mich und machte Göndis Leine los.

Ganz wohl war mir dabei nicht. Ob er mir davonlaufen würde? Doch er dachte gar nicht daran. Wie der Blitz rannte Göndi auf den blonden Riesenhund zu, der ihm freudig entgegenkam. Die beiden verstanden sich auf Anhieb. Der Große drehte sich zum Meer hin und Göndi begriff, was er wollte. Ein kurzer Blickkontakt und die zwei rannten ins flache Wasser und scheuchten dabei eine Schar Enten auf, die eiligst davonflatterten. Ihr Protestgeschnatter war noch lange zu hören. Göndi und der Große kamen bald zurück und ich glaubte, ein verschmitztes Zwinkern in den Augen meines Hundefreundes zu erkennen.

Inzwischen war die Frau, zu der dieser riesige Hund gehörte, bei mir angekommen und lachte.

«So ist Mike immer, es macht ihm einen Riesenspaß, die Enten aus dem Wasser zu jagen. Er tut ihnen nichts, dazu ist er viel zu gutmütig. Und ich freue mich, dass Ihr Kleiner sich so gut mit Mike versteht. Das ist nicht oft der Fall, die meisten Hunde haben Angst vor ihm, wegen seiner Größe.»

Während Mike und Göndi am Strand entlang strolchten, auf der Suche nach neuen Abenteuern, erfuhr ich von Mikes Halterin, dass er zur Rasse der Mastiffs gehörte, riesengroß aber harmlos. Dass Mike erst ein knappes Jahr alt sein sollte, konnte ich mir kaum vorstellen und ich fragte mich, wie er wohl ausgewachsen aussehen mochte.

«Er wird noch ziemlich in die Breite gehen», lachte seine Halterin, «aber ich liebe diese Rasse so sehr, ich konnte nicht widerstehen, als man mir Mike als Welpen anbot. Verstehen Sie das?»

Und ob ich das verstand. Gemeinsam gingen wir noch ein Stück am Strand entlang, dann fuhr ich mit Göndi nach Hause. Diesmal schien er weniger ängstlich ins Auto zu steigen. Hatte er verstanden, dass ihm dort nichts Schlimmes drohte? Vielleicht war er ja auch einfach nur müde, es war auch genug der Aufregung für einen einzigen Vormittag.

Am Nachmittag holte ich erneut die Bürste, Göndi legte sich sofort auf den Rücken, schien es zu genießen und ließ ganz ruhig zu, dass ich ihm das Fell ein wenig stutzte, vor allem an den Hinterbeinen, da war es doch ziemlich verfilzt. Sichtlich erleichtert kuschelte er sich danach an mich an, mit dem Ergebnis, dass an mir dann beinahe mehr Göndi-Fell hing, als an ihm selbst.

«Göndi-Fußball?»

Ich fragte ihn und schon jagte er hinter dem weichen Ball her und schüttelte ihn ordentlich, ehe ich ihm ihn abjagen durfte.

In mir machte sich immer mehr die Überzeugung breit, dass da viel Terrier in Göndi steckte, vor allem, nachdem er nun ein kürzeres Fell hatte, dass seinen Körperbau und sein süßes Gesicht besser zur Geltung brachte. Während er neben mir vor sich hin döste, erschöpft von dem langen Tag, sah ich mir im Internet die verschiedenen Terrier-Rassen an und erkannte bei den Border-Terriern sofort die Ähnlichkeit in Göndis Gesicht. Wer noch an seiner Entstehung beteiligt gewesen sein mochte, offenbarte sich mir noch nicht. Viel später, im Sommer wurde deutlich, dass Göndis anderer Elternteil wahrscheinlich ein heller Labrador gewesen sein musste.

Im Moment war ich nur gespannt, wann der Kleine auftauen und ein bisschen Terrier-Sturheit durchblicken ließe. Mich sollte das nicht stören, denn genau das kenne und liebe ich.

Auf dem obligaten Spätnachmittags-Spaziergang trafen wir auf meine Freundin Sonnhild mit Fiete und Sasha. Die drei Hunde begrüßten sich begeistert, sie kannten sich ja schon. Sonnhild, neugierig wie sie war, kam bereits am ersten Tag kurz vorbei. Jetzt war sie ganz erstaunt darüber, was für ein hübscher Kerl unter all dem Zottelfell gesteckt hatte.

Für Göndi und mich ging ein langer, ereignisreicher Tag zu Ende. Müde kuschelte sich der Kleine an mich, was würde der morgige Tag wohl Neues bringen?

Der neue Tag kam mit Regen, lang anhaltendem Dauerregen. Meinem Göndi war das egal, er wuselte mit mir draußen herum und freute sich, dass er so vieles schon wieder erkannte. Am wichtigsten schien für ihn unsere Haustür zu sein. Wenn wir vom Gassigang zurückkamen, diese Tür sich öffnete und dahinter Göndis neues Zuhause immer noch vorhanden war, dann stand das Glück meinem Kleinen ins Hundegesicht geschrieben.

Das Glücklichsein beschränkte sich aber nicht nur auf den Hund. Ich stellte auf einmal fest, dass die Menschen mich freundlicher grüßten, wenn sie uns begegneten, mich anlächelten und manchmal in ein kurzes Gespräch verwickelten. Ich fragte mich, ob es an Göndis freundlicher, zugewandter Art liegen mochte, oder daran, dass mir das große Glück mit meinem Hund ebenfalls anzusehen war? Letztendlich spielte es keine Rolle, mein Herz taute nach langem Schlaf im Eis, wohin ich meine Gefühle verbannt hatte, wieder auf und es ging mir von Tag zu Tag besser damit.

Bis jetzt hatte ich in meinem Tagebuch nur Positives über Göndi zu berichten und es war mir beinahe peinlich, ihn als eine Art Superhund hinzustellen. Bei dieser Vorstellung lachte ich und fragte ihn, ob ich ihm vielleicht einen entsprechenden Superhund-Umhang nähen sollte.

Eine Antwort konnte er sich sparen, denn nur wenige Minuten später hatte sich die Superhund-Sache erledigt, denn Göndi hatte etwas geklaut!

Es war ja auch zu verlockend und ich war selber schuld an der Geschichte. Zur Mittagszeit belegte ich schnell ein Brötchen für mich und wollte weiter am Computer arbeiten, ein Termin drängte.

Da klingelte das Telefon und ich legte das Brötchen schnell irgendwo ab. Als ich mich wieder umdrehte, sah ich Göndi mit meinem Brötchen im Maul in die Küche laufen. Ein heftiges, ziemlich lautes «NEIN» von mir und der kleine Kerl ließ vor Schreck das Brötchen fallen. Er sauste ins Wohnzimmer, wo er sich duckte, ganz klein machte und wohl am liebsten unter dem Teppich verschwunden wäre.

Ich versuchte, streng dreinzuschauen, konnte mir aber ein Lachen kaum verbeißen, Schimpfen ging schon gar nicht. Deshalb kam, eher halbherzig, von mir nochmal ein «NEIN», dann sammelte ich die Überreste des Brötchens ein und warf sie in den Mülleimer. Ein Blick auf Göndi und ich schmolz dahin, so viel Entschuldigung und auch ein wenig Angst waren in seinen Hundeaugen zu lesen.

Was tat ich also, ich hockte mich zu ihm, nahm ihn zärtlich in die Arme und streichelte ihn, bis er wieder ganz gerade, mit aufrechtem Rücken neben mir saß.

Es war ja auch eigentlich nicht viel passiert, außer das Göndi jetzt genau wusste, mein Futter ist meins, und sein Futter ist seins! Er nahm nie wieder etwas vom Tisch, wartete immer geduldig, bis ich ihm sein Futter hinstellte und ich sollte mich vielleicht damit abfinden, doch einen Superhund zu haben.

Beim nächsten Spaziergang trafen wir, kurz bevor wir wieder zu Hause waren, noch Tarek und Emma, zwei Hunde in Göndis Größe, die zwei Häuser neben uns wohnen. Auch mit den beiden neuen Bekanntschaften lief alles bestens und friedlich ab. Die Nachbarin lud Göndi zum Toben im Garten ein, mit Tarek und Emma, wenn das Wetter nicht mehr so nass wäre. Das nahmen wir natürlich gern an. Es wurde auch diesmal ein aufregender Tag für Göndi, der aber auch schon ein wenig

Routine beinhaltete. Ich wusste, ich konnte ihm vertrauen und deshalb fuhr ich kurz allein zum Einkaufen.

Der Supermarkt lag ganz in der Nähe, aber ich wollte Göndi nicht mitnehmen und vor dem Laden anbinden. Das würden wir später üben. Also ließ ich Göndi zum ersten Mal allein. Eine Mutprobe, für ihn, aber auch für mich. Keine halbe Stunde war ich weg und Göndi meisterte auch das. Er hatte inzwischen die kleine Couch in meinem Büro erobert, wusste genau, dass er dort liegen durfte. Deshalb lag er ruhig auf «seiner» Couch im Arbeitszimmer und freute sich unbändig, als ich wiederkam. Ich schaute in alle Ecken, er hatte nichts, aber auch gar nichts angestellt, während ich fort war. Eine weitere Hürde war damit ohne Probleme genommen.

Was so eine liebe Hundeseele alles bewirken kann, das merkte ich nur wenig später. Ein guter alter Freund hatte einen schweren Unfall und verstarb noch in der gleichen Nacht. Das hatte ich soeben erfahren. In Gedanken an den Freund versunken saß ich neben Göndi und Tränen der Trauer liefen mir übers Gesicht. Da spürte ich mit einem Mal Göndis feuchte Zunge, die mir die Trauertränen ableckte, und sein kleiner Hundekörper drückte sich fest an mich, als wolle er sagen:

«Schau, ich bin doch bei dir, du bist nicht allein und du musst nicht traurig sein!»

Manchmal sind Hunde einfach die besseren Menschen.

Der nächste Morgen brach an, ein Sonntag und dazu ein ganz besonderer Sonntagmorgen, denn Göndi war schon vierzehn Tage bei mir, vierzehn wundervolle, aufregende, unvergessliche Tage. Und seit heute wusste er, wo man am besten schläft, denn «Göndi der Eroberer» hatte nicht nur im Handumdrehen, oder doch eher im «Pfote-umdrehen» mein Herz erobert.

Er schaffte es, auf mein Bett zu springen und, mit meiner Erlaubnis, dort auch bleiben zu dürfen. Eine ganze Nacht hatte er das sichtlich genossen und nicht nur er. Als wir erwachten und unser übliches Morgenritual vollzogen, da war die tiefe Zufriedenheit mit sich und mit der Welt, dem kleinen Hund anzusehen.

Nach diesen vierzehn Tagen war Göndi immer noch sehr vorsichtig, eifrig bemüht darum, alles richtig zu machen, doch manchmal kam zum Glück auch ein wenig der Terrier-Dickkopf zum Vorschein. Das war gut so, denn ein allzubraver Hund wäre mir ein bisschen zu langweilig.

Nach wie vor suchte er den Körperkontakt mit mir, musste sich immer wieder vergewissern, dass alles, was er jetzt und hier erlebt, Wirklichkeit war, so, wie er es sich in der langen Zeit im Tierheim vielleicht erträumt hatte. Dass er lange, viel zu lange dort saß, wusste ich, und ich ahnte inzwischen, wie viel Glück wir beide hatten, dass wir zueinanderfinden durften.

Nach beinahe drei Wochen des Zusammenlebens mit Göndi wurde deutlich, dass er viel entspannter war, als zu Beginn. Es war nur allzu verständlich, denn nachdem er Sofa und Bett erobert hatte, merkte, das es erlaubt war, dort zu sein, wollte er zunächst gar nicht mehr von diesen bequemen Möbeln herunter.

Auch das wurde bald Routine und er blieb nach wie vor am liebsten in meiner Nähe. Das Wochenende näherte sich, die

Sonne schien immer noch recht warm und deshalb fuhren wir am Nachmittag nach Flensburg, zum umzäunten Hundefreilauf.

Es war mir wichtig, ohne Angst vor dem Straßenverkehr oder allzu nahem Wild, Göndi endlich von der Leine lassen zu können und ein paar Kommandos mit ihm zu üben.

Ein Jäger schien mein lieber Göndi nicht unbedingt zu sein. Am frühen Morgen jagte er zwei freche Kaninchen weg, die auf unserem Rasen herum hoppelten, kam aber auf Zuruf sofort zu mir zurück.

Meine Erleichterung war unbeschreiblich, denn Leo, ein großer Jäger vor dem Herrn, hätte anders reagiert und wäre den Karnickeln hinterhergejagt, ohne auf meine Kommandos zu hören. Vorsicht war dennoch geboten, weil zur Zeit gerade eine Herde Schafe bei uns hinterm Knick weidete. Aus diesem Grund ließ ich Göndi vorerst nicht von der Leine.

Ich war selbst ganz gespannt, wie er sich im Freilauf verhalten würde, wie es war, ihn in Freiheit herumlaufen zu sehen. Ein bisschen schwer zu finden war er schon, der Hundefreilauf. Es gab kein Hinweisschild. Erst als ich schon dachte, dass die Straße nicht mehr weiter führte, parkten noch einige Autos am Straßenrand und wir waren am Ziel. Ein freundlicher Empfang wurde uns bereitet, wir erhielten eine kleine Einweisung und dann durfte Göndi von der Leine.

Auf seine typische, vorsichtig-freundliche Art machte er sich schnell mit den Menschen und Hunden, die wir trafen, bekannt. Dann lockte ich ihn zu mir und wir spazierten auf dem fast zwei Hektar großen Gelände herum. Göndi lief mal wieder mit der Nase am Boden, blieb aber in Rufweite.

Eine kleine Gruppe, mitten auf einer großen Wiese hielt uns auf, die Menschen wollten uns kennen lernen, die Hunde untereinander auch.

Mir fiel auf, wie entspannt alle waren, Menschen und Hunde, freundlich und rücksichtsvoll. Es gab dort sogar eine Terrasse mit Tischen und Stühlen, wo man Kaffee trinken und Kuchen essen konnte. Ich hatte aber lieber meinen Göndi im Blick. Nach einer Weile kam er angelaufen, setzte sich brav zu mir und ich glaubte schon, dass er genug vom Herumrennen hatte. Da hatte ich mich aber geirrt, denn jetzt gesellten sich zwei ganz junge Schäferhunde, Bruder und Schwester zu unserem "Haufen" aus allerlei großem und kleinem Hundevolk. Da war es um Göndi geschehen.

Wusch, weg war er, hinter den Geschwistern her. Durch Pfützen, Schlamm, Matsch und Sand tobte die "wilde Jagd" und mein Göndi mittendrin. Wie schnell der Kleine rannte. Zwischendurch kam er mal ganz kurz angerast, schaute nach, ob ich noch da wäre, und weg war er wieder. Nach und nach leerte sich der Platz, doch die drei tobten weiter.

Irgendwann, nach beinahe zwei Stunden, griff ich mir dann meinen Göndi, als er gerade an mir vorbei laufen wollte. Ich bedankte mich bei den Betreibern des Freilaufs herzlich für den Aufenthalt, bekam noch zu hören, dass für alle der erste Besuch des Freilaufes als "Schnupperkurs" galt, also nichts kostete, und man würde sich sehr freuen, wenn wir wiederkämen. Das nahm ich mir ganz fest vor, wenn auch erst bei besserem Wetter und etwas weniger Schlamm.

Am Auto angelangt, erlebte ich noch ein Wunder. Göndi sprang von ganz allein in den Wagen. Bisher hatte er eher Angst davor, doch das schien vorbei zu sein. Ich habe ihn sehr gelobt, wie ich es schon auf dem Platz immer wieder getan hatte.

Zu erleben, wie er das freie Herumtollen genossen hatte, in seine strahlenden Hundeaugen zu sehen, die aus seinem schlammverschmierten Gesichtchen leuchteten, das war für mich das Allerschönste an diesem Ausflug.

Zuhause kam es, wie es kommen musste. Göndi sah aus wie ein kleines Erdferkel, also musste er unter die Dusche. Ergeben ließ er es über sich ergehen. Als er sauber, aber klitschnass vor mir in der Dusche stand, sah ich erst richtig, wie dünn mein Kleiner noch war. Das sollte sich bald ändern. Jetzt stürzte er sich jedenfalls hungrig auf seinen Futternapf und schlief gleich darauf selig und «hundemüde» an meiner Seite ein. Seit dem Freilauf hatte ich noch mehr Vertrauen in Göndi, jetzt wusste ich, dass er mir nicht davonlaufen würde.

«Armer kleiner Göndi», dachte ich und streichelte ihn sanft, «dein Vertrauen in die Menschen wurde zwar erschüttert, aber es gibt so viele Hunde, denen wurde viel, viel Schlimmeres angetan. Ich bin sicher, mein lieber Göndi, gemeinsam werden wir wieder dein Vertrauen in die Menschen aufbauen können, denn im Grunde deines kleinen Hundeherzens bist du ein ganz sensibles, liebevolles Seelchen. Jetzt wirst du wieder fröhlich durch die Gegend laufen und jeden mit deiner freundlichen Art bezaubern dürfen. Mich hast du ja vom ersten Augenblick an um deine Pfote gewickelt.»

Das war vor über sieben Jahren!

Inzwischen sind mein Göndi und ich eine verschworene Gemeinschaft, haben viele neue Freunde gefunden, sowohl menschlicher als auch tierischer Natur. Ein «Jäger» ist Göndi überhaupt nicht, läuft fast immer ohne Leine neben mir her und ich habe vollkommenes Vertrauen in ihn. Im Sommer mit ihm draußen im Garten auf der Hollywood-Schaukel sitzen, dem leisen Geplätscher des kleinen Teiches zuzuhören, dem Gezwitscher der Vögel in den Bäumen zu lauschen, das ist Entspannung pur.

Oft geht mein Blick dann zu Leos Grabstein und ich sende ihm meinen Dank, für dieses wunderbare Geschenk, das Göndi heißt. Durch Göndi habe ich eine neue Lebensqualität dazu gewonnen und er hat mich gelehrt, wieder Vertrauen zu haben, vor allem in die Menschen, die mir begegnen.

Es gibt sicher nicht bei jedem Hund so viel Unsicherheit über seine Vergangenheit. Nur sehr selten erfahren wir etwas über das meistens «hundsmiserable» Vorleben unserer Fell-Freunde. Was von ihnen in den Tierheimen im Ausland landet, sind oft Kettenhunde, Gebärmaschinen, ausgesetzt, vernachlässigt, getreten, geschlagen, und oft genug nicht mehr zu retten.

Wer kann schon in die zutiefst verletzte Seele solch eines armen Hundes schauen. Und es ist doch immer wieder ein Wunder, dass diese misshandelten Tiere trotzdem voller Vertrauen auf die neuen Menschen in ihrem Leben zugehen und hoffnungsvoll auf ein besseres Leben bauen.

Auch Göndi hat sicher einiges an Schrecklichem erlebt, ehe er in Ungarn ins Tierheim kam. Mitteilen konnte er es mir nicht direkt, es blieb mir überlassen, sein Verhalten zu interpretieren.

Er selbst gab viele Hinweise auf sein Vorleben. Er mochte es lieber leise, laute Geräusche erschreckten ihn, klassische Musik mag er immer noch, am allerliebsten Klaviermusik. Er freute sich von Anfang an über jede Aufmerksamkeit, war sofort stubenrein und keineswegs ängstlich, so als habe er schon einmal in einer Wohnung gelebt. Das machte es mir natürlich leichter, mit ihm umzugehen. Es gab auch immer wieder Situationen, die für mich sehr aufschlussreich wurden.

Mit ein wenig Sherlock-Holmes-Kombination konnte ich so manches aus Göndis Vergangenheit erahnen.

Bei Göndi gab es bald nach seiner Ankunft ein wichtiges «Krümelchen» Information dazu. Beim abendlichen Spaziergang fuhr ein dunkelblauer Kombi kurz vor uns vom Straßenrand fort, die Rücklichter leuchteten auf und Göndi wollte beinahe aus dem Stand heraus hinterher rasen. Das Ende der Leine stoppte ihn und er sah mich ganz verwirrt an.

Das Auto, so kam es mir vor, hatte ihn an etwas erinnert. Der Spaziergang, der so friedlich begonnen hatte, endete jäh. Nach Hause, zu unserer Haustür zu kommen, das konnte ihm gar nicht schnell genug gehen. In der Wohnung drängte Göndi sich zitternd an mich, wollte unbedingt, dass ich bei ihm bleibe, und beruhigte sich erst nach langem, intensivem Streicheln und Kuscheln. Dieses Erlebnis bestätigte mir, dass Göndi schon einmal ein Zuhause hatte, ein gutes Zuhause, in dem er liebevoll erzogen wurde.

So wie es sich mir nach langem Überlegen darstellte, hatte man Göndi, als er etwa eineinhalb Jahre alt war, einfach irgendwo am Straßenrand zurückgelassen und ist ohne ihn mit dem Auto weggefahren. Das würde erklären, dachte ich mir, warum Göndi, als die Tierheimleiterin ihn fand, bereitwillig zu ihr kam und ins Auto sprang, denn Autofahren kannte er ja. Und es würde auch erklären, warum er, wenn er mit mir im Auto fahren sollte, so verkrampft reagierte. Er wusste doch nicht, dass wir immer wieder gemeinsam nach Hause fahren würden. Das bedurfte noch etlicher Übungen und viel Geduld.

Im Laufe des Zusammenlebens mit Göndi kam es immer wieder zu erstaunlichen Begebenheiten, die irgendwann ein genaueres Bild von seiner Vergangenheit zeigten. Hauptsächlich auf diesen Erlebnissen und ein wenig Fantasie meinerseits, beruht Göndis Geschichte, die ich hier aufschreiben durfte.

Ich wünsche ihm und mir, dass wir noch sehr oft jeden Morgen unser Ritual abhalten dürfen, wenn Göndi mir tief in die Augen schaut und sich jedes Mal darüber freut, das ich nach der langen Nacht immer noch bei ihm bin.

Dann drückt er sich fest an mich, ich streichele ihn und sage dann jedes Mal:

«Guten Morgen, mein Göndi, es ist ein feiner guter Morgen für uns beide und ich hab dich sehr lieb!»

Danke, mein Göndi...danke, dass es dich gibt... und dass du mit deinem freundlichen Wesen meinem Leben eine Wendung zum Besseren gegeben hast...

Ende

Weitere Bücher von dieser Autorin:

Historische Romane:

«Die Herrin von Gut Roest»
Der erste Roman über die faszinierende Geschichte Kappelns.

«Das Vermächtnis des Hans Adolph von Rumohr»
Der zweite Roman über Kappelns spannende Geschichte.

«Bis ein neuer Morgen tagt...»
Der dritte Roman über die fesselnde Geschichte Kappelns, Angelns, und den Kriegen um die Zugehörigkeit Schleswig-Holsteins.

«Eine fremde Stadt»
Der vierte Roman um Kappeln, die Stadt von Preußens Gnaden, und der erste Band einer Geschichte um Friederike und Wilma.

«Die ungelesenen Briefe»
Der zweite Band der Reihe um Friederike und Wilma.

«Steckrüben und Kanonen»
Der dritte Band der Reihe um Wilma und Carl.

«Im Himmel gibt es keine Grenzen»
Der vierte Band der Reihe um Wilma und Carl.

Andere Romane:

«Mauer aus Eis»
Roman um eine verratene Liebe, die in einer Demenz erst offenbart wird.

«Grau-Zone», beinahe ein Krimi,
Harmlose Senioren planen einen Mord, vor dem Hintergrund von Corona und Ukraine-Konflikt.

Alle Bücher auch als E-Book erhältlich bei : BoD – Books on Demand und bestellbar in jeder Buchhandlung